KB097963

스키니 시티

스키니
시티

임선경 장편소설

상상
초과

스키니 시티

3쇄 발행 2024년 3월 25일

지은이 임선경
펴낸이 배선아
펴낸곳 고즈넉이엔티

출판등록 2017년 3월 13일 제2022-000078호
주소 서울특별시 마포구 성지1길 35, 4층
대표전화 02-6269-8166 **팩스** 02-6166-9199
이메일 gozknockent@gozknock.com
홈페이지 www.gozknock.com
블로그 blog.naver.com/gozknock
페이스북 www.facebook.com/gozknock
인스타그램 www.instagram.com/gozknock

ⓒ 임선경, 2024
ISBN 979-11-6316-339-8 03810

표지/내지이미지 Designed by Freepik

지금의 시기를 슬기롭게 넘긴다면
인류의 비만 유전자 자체가 변화할 것입니다.
더 이상 무분별한 식탐을 부리는 사람은 없을 것이며
아무도 비만으로 고통 받지 않을 것입니다.
우리는 적극적으로 나서서
주변의 비만인들을 구원해주어야 합니다.

— 본문 중에서

01

'깨끗하다'는 것은 있어야 할 것은 있고 없어야 할 것은 없다는 뜻이다. 있어야 할 것은 색채와 광택, 새로움이고 없어야 할 것은 잡티, 변형, 낡음이다.

거리는 깨끗하다. 건물의 유리창은 말끔하게 닦여 있고 사람들이 걸어 다니는 보도의 바닥도 윤이 난다. 인도와 차도 사이에 가로수가 있고 그 주변에는 꽃이 자라지만 거리엔 흙먼지 하나 없다. 먼지가 날리지 않도록 포장재로 흙을 꼼꼼히 덮어둔 덕이다. 8차선 넓은 차도를 양편에 두고 시티를 관통하는 운하가 보인다. 거대한 운하는 바닥의 조약돌이 다 들여다보일 정도로 물이 맑다. 그 위로 장난감 같은 흰 곤돌라가 떠다닌다. 달리는 차들도 먼지 한 톨 없다. 다양한 색상의 차들이 반들반들한 차체로 햇빛을 되쏘며 달려간다. 햇빛 아래 반짝이는 것은 건물들도 마찬가지다. 흠집 없는 빌딩 외벽에 아름답게 디자인된 간판들이 붙어 있다. 하늘에 떠 있는 구름마저 새하얗다.

아리하는 빌딩 1층의 구두 가게에서 쇼핑 중이었다. 대낮이지만 수십 개의 조명이 가게를 밝히고 있었다. 구두가 진열된 선반마다 기다란 조명이 들어 있고 홀 중앙의 회전판 위에 놓인 하이힐에는 눈이 시리게 밝은 핀 조명 빛이 내리꽂히고 있었다. 천천히 돌아가는 하이힐이 보석처럼 반짝거렸다.

아리하는 구두 구경에 넋이 빠져 있었다. 케이크 전문점에 가서 모든 케이크를 샅샅이 다 살펴보는 것과 비슷한 마음이다. 다 먹지도 못할 테고 다 먹을 생각도 없지만 예쁘니까 안 볼 수 없다. 예쁜 것은 좋은 것이고 옳은 것이다.

손바닥보다 작은 하이힐 하나에 눈이 갔다. 뾰족한 앞코에 전체적으로 은빛 펄이 들어 있고 발등에는 작은 진주 장식이 나란히 세 개씩 박혀 있었다. 굽은 못해도 7센티미터는 되어 보였는데 워낙 작은 신발에 굽이 높다 보니 더 아찔해 보였다. 아리하는 홀린 것처럼 그 구두를 집어 손바닥 위에 올려놓고 요모조모 뜯어봤다. 그저 신발일 뿐이라고 하기에는 믿을 수 없을 정도로 아름다웠다.

"판타스틱하죠?"

유니폼을 입은 점원이 윗니가 여덟 개 보이는 완벽한 미소를 지으며 다가왔다.

"이 구두, 제 사이즈도 있나요?"

"그럼요. 인기 상품이라 사이즈별로 있어요. 드릴까요?"

맞은편 선반을 보고 있던 아리하의 엄마 다라가 이쪽을 쳐다봤다. 아리하는 엄마가 자신의 손바닥 위에 놓인 구두를 보고 이마를 살짝 찌푸렸다가 얼른 표정을 고치는 것을 놓치지 않고 봤다. 엄마의 저런 습관. 다른 사람이 있는 곳에서 찌푸리는 표정을 짓는 것. 위험하다. 그러나 엄마는 섣불리 표정으로 속마음을 드러내곤 했다. 파인 시티의 누구도 그렇게 하지 않는데. 아리하는 왠지 조마조마한 느낌이 들었다.

"그게 마음에 드니?"

다라가 표정을 고치며 다가왔다. 만들어진 다정한 표정.

속으론 싫으면서. 엄마, 나한테 다 들켰어.

"예쁘잖아요."

점원과 아리하가 동시에 말했다. '어머?' 하며 점원이 눈을 동그랗게 뜨더니 굉장히 우스운 일이 생겼다는 듯이 소리 내 '호호호호' 웃었다.

다라는 아리하의 손에 있는 작은 하이힐을 심각하게 쳐다봤다.

"이런 건 몇 살 아이들이 신나요?"

역시. '이런 것'이라고 표현하는 자체가 다라가 이 구두에 대해 가지는 불쾌감을 드러냈다.

"이런 건 유치원생한테도 작을 것 같은데. 이제 겨우 걸음마 뗀 아이들이 이런 걸 신으면 발이 아프지 않을까요?"

그만 좀 하라고 아리하는 말하고 싶었다. 무슨 상관이야 엄마. 엄마
딸은 '이제 겨우 걸음마 뗀 아이'가 아닌데.

점원이 눈을 동그랗게 떴다. 저런 표정은 거울 앞에서 연습하는 것
이겠지. 놀랍고 의아하지만 그렇다고 반감을 가진 것은 절대 아니라
는 순진한 표정.

"어머나! 손님, 걸음마를 배우는 어릴 때부터 높은 굽에 익숙해져
야 해요. 그래야 엉덩이를 치켜들고 조심조심 걷는 법을 배우죠. 다리
도 훨씬 길어 보이고요. 애들이야 낮고 편한 구두를 좋아하겠지만 어
른들이 옳은 방향으로 바로잡아줘야죠. 여자애들은 아기 때부터 하
이힐을 신어야 한답니다."

다라는 다시 이마에 깊은 주름살을 잡았다. 점원은 그걸 보고 진심
으로 깜짝 놀란 것 같았지만 놀란 표정을 얼른 지우고 다시 상냥한
미소를 지었다. 손짓으로 저쪽에 있는 다른 점원을 부르더니 이 아가
씨에게 맞는 사이즈를 가져다달라고 부탁했다.

점원은 이제 다라를 노골적으로 무시하며 아리하만 보면서 몇 살
이냐고 물었다. 아리하가 열일곱이라고 말하자 점원은 또 과장되게
놀라는 표정을 지었다.

"어머나! 그럼 이제 얼마 안 남았네요. 알겠지만 이 일 년이 제일
중요해요. 앞으로 일 년을 어떻게 보내느냐가 평생을 좌우하니까요.
아유, 정말 눈코 뜰 새 없이 바쁘겠네. 내가 보니 아가씨는 조금만 노

력하면 A계급도 가능하겠어요. 주변에서 그런 말 많이 듣지 않아요?"

물론 많이 듣는다. 어릴 때부터 귀가 따가울 만큼 들었다.

'아리하, 예쁘구나.'

'아리하, 이렇게 태어난 걸 감사해야 돼. 나머지는 네 노력이다.'

'아리하 시간이 많지 않아. 곧 열여덟이 되고 나머지 인생이 결정되지. 그때까지는 꾹 참고 열심히 노력해야 하는 거야.'

아빠는 늘 그렇게 말했다. 선생님들도 마찬가지고. 엄마는? 엄마는 이랬다저랬다 했다. 하긴 엄마는 갈팡질팡 엄마 자신의 인생도 갈피를 못 잡고 있으니 딸에게 이런저런 조언을 할 형편이 못 될 것이다. 아리하의 엄마 아빠는 이혼을 앞두고 별거 중이었다. 아니, 이미 이혼했을지도 모른다.

다른 점원이 아리하의 발 사이즈에 맞는 하이힐을 들고 왔다. 7센티미터 정도라고 생각했던 굽은 신발 사이즈가 커지니 11센티미터도 넘어 보였다. 아리하는 구두를 보고 움찔했다. 11센티미터 하이힐은 거의 무기처럼 보였다. 은빛으로 반짝이는 날카로운 굽이 위협적이었다.

아리하는 점원의 도움을 받으며 구두를 갈아 신었다. 지금 신고 온 구두도 굽이 9센티미터였다. 열일곱의 여자애들이 9센티미터 이하를 신는 경우는 거의 없었다. 엄마의 찌푸리는 표정을 막기 위해서라도 아리하는 새 구두를 신고 걸어보며 아주 편안하다는 표정을 지었다.

다라가 다시 한번 확인했다.

"그게 좋다고?"

아리하가 자신감 있는 표정을 지으며 고개를 끄덕이자 점원이 또다시 찬사를 늘어놓았다.

"뒤꿈치에서 종아리로 올라가는 라인을 좀 보세요. 앞코에서 직각으로 올라선 듯한 발등도 정말 환상적이에요. 발등에 은은하게 핏줄이 서는 것이 정말 섹시하지 않나요?"

다라는 점원의 말을 자르듯 돌아서서 계산대로 갔다.

점원이 아리하에게 눈을 찡긋해 보였다. '너희 엄마도 참'이라는 뜻인지 뭔지. 아리하는 불쾌했지만 참고 미소를 지어 보였다. 계급 심사에 '이웃의 평가' 항목도 들어 있으니 방심할 수는 없었다.

그때 점원이 계산대 쪽 다라의 눈치를 슬쩍 보더니 갑자기 주머니에서 작은 젤리 봉지 하나를 꺼냈다. 아리하의 표정이 굳었다.

"괜찮아, 하나 먹어요. 귀여워서 주는 거니까."

점원이 젤리를 들고 한 발 더 다가섰다. 아리하는 뒤로 주춤 물러섰다. 투명 포장 속의 젤리는 말캉해 보이고 유혹적이었다.

"먹어도 돼요. 지금도 예쁘지만 조금은 살이 붙어야 더 예쁘겠어요."

"아니에요. 감사합니다."

아리하는 거절했다. 그러나 점원은 포기할 기색이 없었다. 아리하의 팔목을 덥석 잡더니 손에 젤리 봉지를 쥐여주려 했다.

"얼른 주머니에 넣어요."

아리하는 잡힌 팔목을 빼내려고 몸을 뒤틀었다. 점원도 포기하지 않고 팔목을 잡은 손에 힘을 주었다.

"지금 뭐 하는 짓이에요?"

소리친 것은 다라였다. 다라가 분노로 얼굴을 잔뜩 일그러뜨린 채 서둘러 이쪽으로 다가왔다. 점원이 얼른 물러섰다. 어색한 미소를 짓느라 점원도 얼굴이 묘하게 일그러졌다.

"손님, 저는 그냥 선의였어요. 불쾌하셨다면 죄송합니다."

점원은 예의 바르게 물러서며 젤리를 다시 자기 주머니에 넣었다. 저 점원은 하루에 몇 명에게나 저 젤리를 먹이는 것을 시도할까.

아리하와 다라는 새 신발을 들고 도망치듯 구두 가게를 나왔다. 다라가 더 화를 내기 전에 가게를 나오는 것이 상책이었다.

"아리하, 알지? 다른 사람이 주는 걸 함부로 받아먹으면 안 돼."

"알아요. 저 사람이 억지로 손에 쥐여준 거예요."

"그랬겠지. 망할 년."

"엄마!"

"미안해, 아리하. 하지만 진짜 나쁜 년이지. 안 그래?"

화를 주체하지 못한 다라는 흥분해서 거의 뛰다시피 걸었다. 아리하가 지금 송곳 같은 굽이 달린 구두를 신고 있다는 것은 잊은 듯했다. 열 개의 발가락들이 제각기 비명을 지르는 것 같았지만 아리하는 꾹 참았다. 발가락 아픈 정도야 아무것도 아니다. 밤에는 허리와 골반 뼈가 아파서 잠을 이루지 못할 것이다.

그들이 지나는 거리 한편에서는 도넛 시식 행사가 벌어지고 있었다. 시내에 외출을 나오면 그런 행사를 몇 번이고 만나게 됐다. 한 블록에서만 시식 행사 서너 개가 한꺼번에 경쟁적으로 펼쳐지기도 했다. 늘 씬한 남녀 판촉요원들이 지나가는 사람들을 억지로 잡아끌었다. 만두, 피자, 도넛, 핫도그, 치즈 볼, 감자튀김이 거리에 전시됐다. 새로 나왔어요. 신제품이에요. 맛과 영양을 업그레이드했어요. 매일매일 신제품이 쏟아졌다. 어제의 신제품이 오늘의 다른 신제품에 밀려났다.

"어, 저기 엄마 회사예요."

아리하가 앞쪽을 가리켰다. 다라가 다니는 식품회사의 로고가 찍힌 매대와 스탠딩배너가 보였다. 오늘 여기서 판촉행사가 있는 줄은 다라도 몰랐다. 하긴 길거리 판촉은 거의 매일 하는 일이다.

다라는 '푸드 팩토리'의 마케팅부에서 일했다. 정확히는 지면 홍보를 담당하고 있었다. 푸드 팩토리는 파인 시티 사람들이 일용하는 음식의 대부분을 생산한다고 봐도 좋을 정도로 거대한 식품기업이었다. 다라는 간부급이지만 하루에 네 시간, 파트타임으로 일했다. 몇 년 전 생산라인을 증설하면서 대부분의 생산 공정은 자동화되었고 최소한의 관리업무만 사람이 담당하고 있었다. 자연스럽게 직원들의 근무 시간이 줄어들었다.

모든 식품회사에서 거리 시식 행사를 한다는 것은 알고 있지만 다라로서는 이런 식의 홍보가 마음이 불편했다. '음식을 먹는 일'에 과한 긴장감을 가지고 있는 시티의 사람들을 끊임없이 유혹하며 괴롭히고 있다는 생각이 들었다. 시식 행사만 자주 열리는 것이 아니었다. '도넛 데이', '슈거 데이', '오븐 데이' 등 음식 이름과 조리법 이름이 붙은 날들이 거의 격주로 하나씩 있었고 그날에는 시티 어디를 가든 그날의 주인공인 음식들이 넘쳐났다. 캐릭터로 분장한 사람들이 거리에서 음식을 흩뿌리듯 나눠주었고 아이들은 학교에서 예쁘게 포장된 음식을 서로 선물하곤 했다. 마치 폭탄 돌리기와 같은 심정으로.

공짜로 주어지는 음식은 대부분 달고 중독성이 있으며 칼로리가 높은 것들이었다. 음식을 공짜로 주는 것은 윤리적으로 온당치 않았다. 그것들은 인간을 '살찌우니까'.

다라는 시식 행사를 피해 골목으로 꺾어 들어갔다. 길에서 우연히 회사 동료를 만나는 일은 피하고 싶었다. 쉬는 날 일하는 동료를 만나는 일은 부담스러웠다. 게다가 시식대에서 만난다면 분명히 한 개만 먹어달라고 간청할 것이다. 자신은 도넛 한 개 정도는 먹을 수도 있다. 하지만 아리하는…….

시식대를 피해 길을 돌아갔지만 좋은 선택이 아니었다. 골목을 관통해서 다음 블록으로 들어서기 직전 다라는 멈칫했다. 아리하도 금세 '그것'을 알아차렸다. 또각거리던 아리하의 구두 굽 소리가 딱 멈췄다. 그러나 오던 길을 되돌아서 간다면 오히려 눈에 띌 것이다. 되돌아서 가본댔자 기다리고 있는 것은 도넛 시식대.

진퇴양난. 다라도 아리하도 잔뜩 굳어졌다. 그러나 다라는 애써 담담함을 유지하려 노력했다. 엄마가 당황한 모습을 보이면 딸은 더 당황할 것이다. 다라는 아리하의 손을 살짝 잡아끌었다. 아리하가 다시 걷기 시작했다.

거리는 은근한 긴장감으로 가득 찼다. 사람들은 계속 가던 길을 가고 있을 뿐이었지만 당장이라도 뛰어 달아나고 싶은 생각이 묘하게 비척대는 발걸음에 실려 있었다. 종종거리며 급하게 걷는 사람이 있는가 하면 어색할 정도로 천천히 걷는 사람이 있었다. 누구도 일행과 대화를 하지 않았다. 고개를 똑바로 들고 필사적으로 앞만 봤다. 두리번거리면 표적이 된다.

앞쪽에 그들이 있었다. 화이트 레스큐. 네 명이다. 보도의 양쪽에 둘씩 마주 보고 서서 지나는 시민들을 샅샅이 훑어보고 있었다. 화이트 레스큐의 원래 이름은 '신체계측 경찰 구조대'다. 소방이나 의료 분야의 진짜 레스큐들이 주황색 옷을 입는 것과 달리 그들은 머리끝부터 발끝까지 티끌 하나 없이 흰색인 가죽 유니폼을 입고 있었다. 핵심은 옷이 아니다. 그들을 일반인들과 구분 짓는 것은 오점 하나 없는 몸매였다. 화이트 레스큐들은 3D 프린터로 뽑아낸 듯한 몸을 가지고 있었다. 완벽하고 이상적인 보디라인. 여성 레스큐의 엉덩이 라인, 허리 라인은 볼 때마다 입이 벌어졌다. 남성 레스큐의 단단한 가슴과 쭉 뻗은 다리도 보는 사람을 주눅 들게 하긴 마찬가지였다. 아리하는 화이트 레스큐들이 그들의 보디라인을 과시하기 위해 피부처럼 달라붙는 가죽옷을 입었으리라고 생각했다. 거리에서 일을 하면서도 어쩌면 부츠에 얼룩 하나 없을까. 그들은 언제나 헬멧을 쓰고 있어 얼굴은 볼 수 없었다. 헬멧 유리는 미러여서 보는 사람의 얼굴만 비쳐 보일 뿐이었다.

레스큐들과의 거리는 이제 20미터 정도. 남자 셋에 여자 하나. 오른편에 있는 남녀 한 쌍은 지나는 사람을 하나하나 훑어보고 있고 왼편의 남자 둘은 지금 막 어떤 중년 여자 하나를 불러 세운 참이었다.

거리에서 신체계측을 당하는 일은 불쾌를 넘어서 공포에 가까운 일이었다. 참을 수 없을 만큼 치욕적이었다. 사람들은 안 보는 척하면서도 신체계측을 당하는 사람을 힐끔거리며 쳐다봤다. 노골적으로 혐오감을 표현하는 사람도 있었다. 당할 만하니까 당한다는 식이었다.

아리하는 작년에 한 번, 거리에서 신체계측을 당한 적이 있었다. 물론 학교에서는 정기적으로 계측이 있었고 정기검사가 아닌 때라도 원하는 학생은 의무실에서 언제든지 계측을 할 수 있었다. 그러나 학교에서 의무실 선생님이 해주는 계측과 거리에서 낯선 레스큐에게 당하는 계측은 차원이 다른 일이었다. 거리 계측은 엄청난 모멸감을 가져왔다.

그날, 화이트 레스큐는 처음부터 아리하를 점찍었던 것 같았다. 친구들과 떠들며 지나느라 레스큐가 거기 있다는 걸 인식하지도 못했던 것이다. 아리하 생각에는 그래서 레스큐들이 화가 나지 않았을까 싶다. 그들이 등장하면 누구나 긴장하고 조용해지기 마련인데 이 여학생들은 자신들을 알아보지도 못하고 계속 재잘댔던 것이다.

레스큐는 아리하와 친구 마사, 주니를 모두 불러 세웠다. 모두가 계측 대상이 되었다. 말도 안 되는 일이었다. 아리하나 마사는 몰라도 주니는 정말로 깡말랐는데.

세 여학생은 그들이 건네주는 약한 전류가 흐르는 긴 관을 양손에 쥐었다. 무선으로 연결된 그들의 패드에 신체 정보가 흘러갔다. 키와 몸무게, 근육량, 체지방량, 왼팔, 오른팔, 왼 다리, 오른 다리, 배와 엉덩이 등 각 부위별 지방량. 그들을 합산한 것과 체중을 키의 제곱으로 나눈 것. 여러 숫자가 패드에 나타났다. 정육점에 걸린 고기가 된 느낌이었다. 사태살, 홍두깨살, 갈빗살, 마블링, 근막⋯⋯.

더욱 모멸감을 주는 것은 피하지방 체크 방식이었다. 그들은 십 대 여학생들에게 스스로 윗옷을 끌어올리게 했다. '더! 더! 더!' 불쾌하게 재촉하며 옆구리 살을 훤히 드러내게 했다. 그들은 드러난 옆구리

살을 장갑 낀 손가락으로 집어서 거기에 집게 같은 것을 꽂았다. 집게가 피하지방의 두께를 측정했다. 낯설고 차갑고 조심성 없는 손가락이 속살을 헤집는 것은 결코 좋은 느낌이 아니었다. 레스큐가 옆구리를 너무 아프게 꽉 잡았기 때문에 아리하는 눈물이 핑 돌았다. 말라깽이 주니는 허리에 살이라곤 없어 살가죽을 꼬집듯 잡아당겨야 했다. 주니는 계측을 마치고 그 거리를 벗어나는 내내 펑펑 울었다.

아리하는 작년 경험 때문에 더 긴장이 되었다. 계측을 통과할 자신은 있지만 계측 자체가 싫었다. 아리하와 다라는 계측 중인 중년 여자 쪽으로 점점 가까워졌다. 중년의 여자는 고분고분 신체계측에 응하고 있었다. 레스큐의 패드로 숫자가 다 건너갔는지 여자는 이제 윗옷을 올렸다. 그럴 것까지는 없는데 옷을 너무 많이 올려서 입고 있는 브래지어의 아랫부분이 다 드러났다. 여자는 겉보기에는 정상 체중처럼 보였는데 옷을 올리니 의외로 허리에 살이 두툼했다. 집게에 집힌 살의 두께가 만만찮아 보여서 아리하는 가슴이 죄어들었다. 어쩌면 통과하지 못할지도…….

그때 갑자기 소란이 일었다. 뛰는 소리. '아!' 하는 사람들의 나지막한 탄성 소리. 거리에 가득했던 아슬아슬한 긴장이 일순간 깨졌다. 사람들 속에 섞여 있던 어떤 남자가 뒤돌아 도망치고 있었다. 뛰면서 사람들을 마구 밀쳤다. 아리하는 남자에게 세게 밀쳐져 넘어질 뻔했다.

"엄마!"

다라가 아리하를 잡아챘다. 아리하는 바닥에 내동댕이쳐지기 직전에 겨우 몸을 지탱했다.

계측을 받던 중년 여자는 나동그라졌다. 레스큐가 여자를 밀치고 남자를 쫓기 시작했다. 맞은편에 있던 남녀 레스큐도 합세했다. 사람들이 양편으로 갈라져서 길을 내주었다. 도망치는 남자의 모습이 똑똑히 보였다. 등판이 넓적했다. 육중한 몸. 쿵쿵대는 남자의 발자국 소리가 거리를 울렸다. 그에 비해 레스큐가 뛰는 소리는 탁탁탁 경쾌했다. 거의 지면에 닿지 않는 듯 가벼운 그들의 뜀박질. 공포의 화이트 레스큐. 그러나 더할 나위 없이 매혹적이었다. 허벅지 근육의 움직임. 경이로운 보폭. 앞서 도망치는 남자는 엉덩이가 흘러내릴 듯 처졌다. 뱃살도 허리띠를 덮을 듯했다. 저런 몸을 가지고 어떻게 밖에 나올 생각을 했을까? 용감하기도 해라. 시민들은 그런 뜻으로 고개를 설레설레 저었다. 옳지 않은 것, 불법인 것, 모두의 지탄을 받는 것에는 함께 혐오를 표현하는 것이 안전했다.

남자와 레스큐들이 모퉁이를 돌아 뛰어가고 곧 발자국 소리가 멈췄다. 멀리 못가 잡히는 것이 자연스러운 일이었다. 살찐 인간은 잡힌다. 절박하게 도망칠 때조차 속도를 낼 수 없다. 살쪘으니까. 발소리가 멈추고 차량이 과속으로 달려오는 소리, 급브레이크를 밟는 소리가 연이어 들렸다. 남자는 경광등을 켠 레스큐의 흰 앰뷸런스로 실려

갔을 것이다.

얼어붙은 듯했던 거리가 그제야 움직이기 시작했다. 다들 아무 일 없다는 듯 가던 길을 마저 갔다. 다라가 걱정스러운 표정으로 아리하를 살폈다.

"괜찮니?"

"그냥 좀 놀랐어요."

"다치지 않았어?"

"괜찮아요. 넘어지지도 않았는데 뭐."

사실 별일도 아니다. 파인 시티에서는 늘 있는 일. 살찐 남자 하나가 구조되었을 뿐이다. 그렇다. 남자는 '구조'된 것이다. 신체계측 경찰이 '레스큐'라는 이름을 얻은 것은 사람들을 비만이라는 질병의 위험에서 지키고 구해주기 때문이다. 아슬아슬 위험한 상태에서 구조된 남자는 캠프에 입소해 치료를 받을 것이다. 치료가 끝나면 새 인생을 얻을 것이다.

다라와 아리하는 말없이 걸었다. 아무 일 없다는 듯. 본인들에게는 아무 일도 일어나지 않았으니까.

하지만 그들이 알지 못했을 뿐, 다라와 아리하에게는 막 어떤 일이 일어난 참이었다. 레스큐에게 쫓기던 살찐 남자는 아리하를 밀치고 지나가며 아리하의 쇼핑백에 무언가를 몰래 집어넣었다. 은빛 하이힐 상자가 담긴 종이 쇼핑백에 남자의 물건이 들어 있었다.

집에 돌아온 아리하는 구두가 들어 있는 쇼핑백을 그대로 옷장에 넣어버렸다. 새 구두를 샀지만 기분이 좋지 않았다. 구두 가게 점원이 억지로 젤리를 먹이려 한 일, 그 일 때문에 엄마와 언쟁을 한 일, 거리에서 레스큐와 맞닥뜨린 일 등 좋지 않은 일만 생긴 것 같았다. 엄마랑 데이트도 하고 기분 전환도 하려고 나선 길이었는데 기분 전환은 커녕…….

카타에게 전화할까? 어릴 적부터 친구인 카타는 언제나 아리하를 편안하게 해주었다. 목소리까지 말랑말랑한 카타.

"아리하!"

전화하니 카타가 반갑게 받았다. 학교에서 매일 보는데도 매번 이렇게 반가워해주는 카타. 멀리서 얼굴을 보면 '아리하!' 크게 부르며 손을 흔들고 웃어준다. 카타는 친절하고 쾌활하고 공부도 무척 잘한다. 다만 조금…….

"엄마랑 쇼핑 간다고 했잖아. 구두는 샀어?"

"으응…… 뭐."

"무슨 일 있었어?"

섬세한 카타. 아리하의 목소리만 듣고도 기분을 알아주었다.

"길에서 화이트 레스큐를 만났어."

"아…… 설마 계측당했어?"

"아니, 나는 아닌데. 어떤 남자가 잡혀갔어."

잡혀갔다고 표현하는 것이 옳지 않다는 것은 아리하도 안다. 레스큐는 시민의 안전을 위해 일하는 고마운 분들이라며 유치원 애들은 기념일마다 그들에게 단체로 편지도 쓴다. 남자는 잡혀간 것이 아니라 도움을 받은 것이다. 그러나 그것이 '도움'이라면 좀 더 조심스럽고 친절해야 하지 않나? 노상강도를 대하듯 그렇게 거칠게 끌고 가는 것이 아니라.

"아, 그래……"

카타는 갑자기 말이 없어졌다. 아리하는 후회가 밀려왔다. 쓸데없는 말을 하고 말았다. 아리하는 일부러 밝은 목소리로 크게 말했다.

"만날래?"

"지금?"

"응, 같이 저녁 먹자."

"좋아!"

카타는 금방 달려올 것이다. 걸어서 10분도 되지 않을 거리에 카타네 가족이 살고 있다. 가족이라고 해도 카타와 카타 엄마인 조아나 둘뿐이다. 카타의 아빠는 떠났다. 아리하의 아빠처럼. 카타는 늘 혼자 먹는다. 엄마와 함께 밥을 먹는 일은 일 년에 몇 번뿐이라고 했다. '엄마가 바빠서'라고 카타는 말하지만 그게 아니라는 것을 아리하는 알고 있었다.

아리하가 거실로 나갔다. 다라는 피곤한 표정으로 소파에 누워 쉬고 있었다.

"카타랑 같이 밥 먹어도 돼요?"

"만나기로 했니?"

"집으로 온댔어요."

"응, 그런데 카타는……."

다라가 한참 말을 골랐다.

"……어때?"

겨우 고른 말이 그 정도였다.

"뭐가요?"

당장 아리하의 말투가 뾰족해졌다. 엄마가 딸에게 네 남자 친구는 요즘 어떠냐고 묻는 것은 그냥 평범한 인사일 것이다. 잘 지내니? 별일 없니? 그러나 그게 카타라면 '카타는 어때?'라고 묻는 것은 이런 뜻이다. 그 애는 아직도 통통하니? 아직도 살을 못 뺐니? 요즘도 과자를 먹니? 요즘도 탄산음료를 마시니?

카타는 경도비만이다. BMI 지수가 25 이상인. 카타의 지수가 정확히 얼마인지는 아리하도 모른다. 학교에서 계측을 할 때 의무실 선생님이 따로 남게 하는 애들 중에는 늘 카타가 포함되었다. 카타는 근심 가득한 표정의 선생님과 상담을 해야 했지만 막상 본인은 크게 걱정하지 않는 것 같았다.

카타는 아기 때부터 통통했다. 팔다리 마디마다 살이 접히고 볼이 발그레한 귀여운 카타의 모습은 지금까지도 변함이 없다. 부드러운 머리카락과 연한 분홍빛인 피부, 토실토실한 손가락과 볼록한 배가 카타의 모습이다. 그런 모습으로 언제나 방그레 웃고 있다. 말라깽이 카타는 상상할 수 없다.

아리하는 카타처럼 '아무렇지 않게' 먹는 사람을 본 적이 없다. 카타는 무심하게, 자연스럽게, 호들갑 떨지 않고, 그리고 맛있게 먹는다. 먹고 싶은 음식을 찾아 먹고, 만족스러울 만큼 먹고, 먹으면서 맛을 느끼는 일에 죄책감이 없다.

"와아, 되게 바삭바삭하네, 너도 먹어봐, 아리하."

카타가 그렇게 말할 때면 정말 사랑스러웠다. 카타는 아무렇지도 않게 '난 젤리가 좋아. 아, 참 맛있네'라고 말했다. 젤리를 좋아한다는 말을 조금도 거리낌 없이 했다. 듣는 사람도 '젤리 따위 좀 좋아하는 게 어때서?'라는 속 편한 생각을 하게 만들었다. 카타가 먹는 걸 보면 누구라도 조금이라도 더 먹게 된다. 잘 먹고 남도 잘 먹게 만드는 아이가 카타다.

대부분의 시티 사람들, 특히 아리하 또래의 아이들은 먹는 일에 신경을 곤두세우고 있었다. 먹고 싶은 마음을 강제로 억누르다 보니 '먹느냐 먹지 않느냐'가 '사느냐 죽느냐'처럼 대단한 문제로 다가왔다. 하루 종일 뭘 먹었다, 먹고 싶다, 먹고 싶지만 참았다는 이야기를 했다. 솔직히 아리하는 이런 일상이 지겹고 짜증스러웠다. 젤리 따위가 뭐라고? 언제까지 젤리를 보고 벌레라도 본 듯 화들짝 놀라야 할까?

그러나 아무렇지 않게 젤리를 먹어치우는 카타는 위험군에 속했다. 얼마 전 캠프 입소 기준이 BMI 지수 28.5까지 내려갔다. 일 년 전만 해도 기준치는 29였다. 그보다 더 전에는 30이었다. 기준선이 점점 더 내려가고 있는 것이다. 모든 사람이 체중을 더 줄이고 비만자가 점점 줄어들게 되면 기준선은 어쩌면 더 내려갈지도 모른다. 누가 말해주지 않아도 충분히 예상되는 일이다. 다른 사람이 살찌지 않으면 내가 위험해지기 때문에 사람들은 나 아닌 다른 사람들을 더 먹이려고 혈안이 되어 있는 것이다. 어디서나 볼 수 있는 시식 행사, 억지로 젤리를 쥐여주던 구두 가게 점원이 떠올라 아리하는 다시 불쾌해졌다.

분홍 뺨을 한 카타가 아리하 집의 초인종을 눌렀다. 다라와 아리하는 다시 외출 준비를 하고 카타와 함께 집 앞 레스토랑에 갔다. 카타와 함께 밥을 먹는 일은 쉽지 않은 일이다. 걱정인지 혐오인지 모를 시선을 받는 일도 그렇지만 카타 몫의 음식을 주문하는 것 자체가 예민하게 신경 써야 하는 일이기 때문이다. 다라는 메뉴를 들여다보며 카타와 신경전을 벌였다.

"닭고기는 가슴살로 150그램 하면 될까? 너무 적니?"

"괜찮아요. 하지만 커틀릿으로 먹으면 안 돼요?"

"글쎄다, 커틀릿보다는 구이로 하고 차라리 양을 좀 더 늘려 먹는 게 낫지 않을까?"

"엄마, 그냥 카타가 주문하게 놔두면 안 돼요?"

아리하가 미간을 찌푸리며 끼어들었다. 다라는 주변에서 눈치채지 못하게 살짝 한숨을 쉬었다. 그냥 놔두라니. 카타의 엄마인 조아나가 아이를 너무 놔두었기 때문에 아이가 위험 상태까지 이른 것인데.

주문을 하고 음식을 기다리고 있는데 레스토랑 입구 쪽에서 동요가 일었다. 모두가 그쪽을 쳐다봤다. 나이프와 포크가 부딪치는 소리, 대화 소리가 일시에 멈췄다. 이런 반응이 익숙한 듯이 또각거리는 발소리를 내며 그들이 들어섰다. S계급 커플이 들어온 것이다.

모두가 그들을 알아봤다. 그들은 이 주변 세 개 블록 안에 유일한 S계급이다. 그들이 결혼했을 때 시내 곳곳에 그들의 대형 웨딩사진이 내걸렸었다. 동네 레스토랑에 S계급이 출입하는 것은 드문 일이다. 보다 번화한 곳에 그들 전용의 화려한 레스토랑이 있다. 다른 계급 사람들은 들어갈 수 없는 곳이다. S계급은 여간해서는 보통 사람들과 섞이지 않았다. 그들은 존재 자체가 특별했고 어딜 가든 누구에게든 특별대우를 받았다. 그것이 당연하게 느껴질 만큼 그들은 화려하고 아름다웠다.

태어날 때부터 빛이 난다는 S계급 사람들. 사춘기를 지나 공식적으로 계급 결정이 되면 S계급들은 아무런 직업을 가지지 않고도 각종 혜택을 받았다. 집과 차가 주어지고 시티에서 미모 유지비와 각종 수당을 주었다. 특별히 그들만을 위한 생수가 따로 생산되며 그들만 이용할 수 있는 음식점이 있고, 그들만 입을 수 있는 옷과 구두도 생산되었다. 그들은 가끔 TV에 출연했고 사진을 찍어 시티 곳곳에 전시하기도 했다. 그들은 광고모델이 되기도 했는데 그들이 광고하는 것은 특정 상품이 아니라 바로 그들 자신이었다. 인간이 인간을 광고하는 것이다.

시티의 시민들은 그들을 숭배하고 찬사를 보냈다. S계급은 인간이라는 종 전체가 도달해야 할 곳을 알려주는 일종의 지표 역할을 했다. 인간은 아름다워야 한다. 아름다움이 인간과 동물을 구분해준다. 아름다움이야말로 인간의 존재 이유다.

물론 인간은 세월이 가면 늙고 병들고 추해진다. S계급도 사람이니 늙지 않을 도리가 없었다. 그러나 늙은 S계급은 눈에 띄지 않았다. 그들은 그냥 어느 순간 사라졌다. 그들 스스로 집 안에 자신을 가두었다. S계급이 늙고 추해진 모습을 드러내는 일은 뻔뻔한 일이었다. 아름다울 의무를 이미 저버렸으므로 그들은 자연스레 권리를 포기하기 마련이었다.

시티의 모든 사람은 계급이 정해져 있었다. 최고가 S, 그 다음은 A부터 D까지 계급이 정해졌다. 사람들이 계급을 나타내는 표식을 달고 다니는 것은 아니었지만 S계급을 몰라보는 사람은 없었다. 그들은 유명인이며 그렇지 않다 하더라도 S계급은 당연히 S계급처럼 보였다. 공식적으로 계급은 18세 생일이 지난 아이들을 대상으로 시민위원회의 심사를 통해 결정되었다. 그러나 계급 결정 전에도 A계급은 A계급처럼, D계급은 D계급처럼 보였다. 외모라는 것은 눈으로 똑똑히 보이는 것이니 아무도 계급을 속일 수 없었다.

S계급을 직접 보는 일이 어려운 것이 희소성 때문이라면 시티 내에서 D계급 사람을 보기 힘든 것은 그들이 숨어 있기 때문이었다. 그들은 밤에 움직이는 직업을 택하거나 눈에 띄지 않는 곳에서 일했다. 그도 아니면 집 안에 틀어박혔다. 밖에 나가면 사람들의 은근한 비난의 눈길을 감수해야 했다. D계급은 대부분 결혼하지 않았다. 결혼하더라도 아이를 낳는 일은 드물었다. D계급끼리 결혼해서 아이를 낳아봤자 D계급의 외모를 가진 아이가 나올 뿐이다. 자신의 아이가 유전자를 원망하며 평생을 비참하게 살아가게 하는 것은 잔인한 일이

다. 그만큼 D계급의 출산에 대해서는 비난하는 목소리가 높았다. 계급을 초월해서 연애하거나 결혼하는 일은 엄청난 반대를 무릅써야 하는 일이었다.

아름다운 인간이 가치 있는 인간이라는 캐치프레이즈 아래 파인 시티의 시민들은 노동하고 남는 시간과 돈을 오로지 '미용'에 쏟아붓고 있었다. 모두들 예방접종을 하듯 정기적으로 피부에 주사를 맞고 눈썹을 이식했다. 헤어 스타일과 손톱 발톱을 가꾸는 일, 피부의 주름살을 없애고 매끈하게 하는 일, 화려한 옷과 신발, 화장으로 꾸미는 일이 인간이 하는 활동의 대부분을 차지했다. 당연히 돈이 들었다. 부자는 온몸에 돈을 처발라서라도 아름다워졌고 부와 아름다움을 대물림했다. 중산층은 가진 돈의 대부분을 미용과 성형에 쓰며 계급 상승을 위해 몸부림쳤다. 가난한 자들은 요행을 바라는 수밖에는 없으면서도 포기하지 않았다. 다들 치열하게 최선을 다해 목숨을 걸고 아름다움을 유지했다. 아름다움이 생존이 되었다. 모두가 그 가치를 믿고 경쟁했다.

그중에서도 가장 중요한 것은 바로 체중이다. 살찌는 것은 죄악이다. 인간이 동물적인 욕구를 절제하지 못해서 많이 먹고 살이 찐다는 것은 혐오스런 일이 아닐 수 없다. 살찐 인간은 아름답지 못한, 인간다움을 포기한 인간이다. 본인은 스스로를 포기했지만 다른 사람들은 그럴 수 없으므로 강제로라도 그를 구원해주어야 하는 것이다. 그

것이 화이트 레스큐가 거리에서 신체계측을 하는 이유다.

다라는 18세 때 B계급을 부여받았다. 다행이라고 생각했다. B계급이면 살아가는 데 별 지장이 없다. 하지만 아리하는? 아리하 정도면 A계급도 가능하다고 다들 말했다. 아이가 자질을 타고났는데 엄마가 역할을 게을리해 그 자질을 키워주지 못한다면 부모로서 자격이 없다고 했다. 어릴 때부터 아이를 몰아붙여 확실한 A계급으로, 아니 이왕이면 S계급으로 만들기 위해 안간힘을 써야 했을까? 그것이 아이의 행복을 위한 엄마의 도리였을까? 아리하의 계급 결정을 겨우 일 년 앞둔 상황에서 다라는 다시금 혼란을 겪고 있었다.

"엄마, 저 사람들이 왜 여기 왔지?"

아리하가 S계급 커플을 흘깃 훔쳐보고는 속삭였다. 주문이 밀렸지만 당연히 S계급에게 먼저 서빙될 것이기 때문에 다른 테이블의 손님들은 조용히 기다리고 있었다. 왠지 말도 크게 하면 안 될 분위기가 되었다.

"당연히 밥 먹으러 왔겠지."

"시내에 전용 식당이 있잖아요."

카타가 킥킥 웃으며 작게 말했다.

"거기까지 못 갈 정도로 배가 엄청 고팠나?"

"S계급도 배가 고플까?"

거기엔 확신이 없는지 카타가 눈을 동그랗게 뜨더니 갸웃했다.

아리하는 다시 S계급 커플 쪽으로 슬쩍 시선을 주었다. 힐끔거리는 것이 무례하다는 것은 알지만 도무지 눈을 뗄 수가 없었다. 저들도 미모를 유지하기 위해 고통스러운 일상을 보낼까? 배고픔을 참을까? 참다 참다 돈을 주고 다른 사람을 대신 먹이는 끔찍한 거래도 할까?

아리하의 친구인 주니가 아이들에게 돈을 받고 음식을 대신 먹어준다는 것은 이제 비밀도 아니었다. 주니는 돈을 준 아이를 위해 그 애가 먹고 싶은 음식을 대신 먹었다. 의뢰인인 아이는 주니가 먹는 모습을 보면서 대리만족했다. 그러나 과연 대리만족이 되는지는 알 수 없었다. 돈을 준 아이는 음식을 먹는 주니 앞에 앉아서 신음소리를 내거나 괴로움에 몸부림쳤다. 참지 못하고 주니 앞의 먹을 것을 가져다 자기 입속에 마구 처넣기도 했다. 다 먹고 나면 주니는 바로 화장실에 가서 먹은 것을 게워냈다. 계속되는 구토 때문에 주니는 식도가 거의 상했고 토하기 위해 목구멍에 집어넣은 집게손가락에도 상처가 있었다. 먹고 토하기를 반복하니 주니는 항상 소화불량에 시달렸고 평균 몸무게에 훨씬 못 미치는 깡마른 몸을 가지고 있었다. 아리하는 그 일로 주니와 몇 번이나 말다툼을 했다.

"꼭 그렇게까지 해야 해? 그런 짓을 하다간 죽을 수도 있어."

"넌 돈 많은 부모가 있으니까 내 마음을 모르겠지."

주니는 돈이 필요했다. 열여덟 살이 되기 전에 피부 시술도 해야 하고 코끝도 살짝 들어야 하고 이곳저곳 손볼 데가 많았다.

심사를 앞두고 있는 열일곱 살들이 모인 교실은 터지기 직전의 화산 같았다. 부글부글 끓었다. 절망에 빠진 누군가가 거울을 던져 깨뜨리는 일, 덜렁거리는 자신의 팔뚝 살을 잘라내겠다고 교실에서 가위를 휘두르는 끔찍한 일들이 벌어졌다. 스트레스로 인해 폭식과 거식을 반복하는 것도 일상일 뿐이었다.

선생님들은 늘 계급 심사는 상대평가가 아니라는 말을 강조했다. 옆자리의 친구를 경쟁자로 삼지 말라는 뜻이었다. 그러나 그 말을 듣는 사람은 없었다. 아름다움이란 원래 상대적인 것이다. 주변의 것들이 모두 아름다우면 평범한 것은 금세 추한 것으로 변한다. 주변의 것들이 모두 추하면 평범함도 아름다워 보이는 것이다. 아무리 노력해도 모두가 다 예쁠 수는 없다. 예쁜 애들이 모여 있으면 그중에서도 특별히 더 예쁜 애가 있었다. 아이들이 절망하는 이유는 계급은 어찌 보면 태어나는 순간 결정되는 것이기 때문이었다. S계급의 자식들이 S계급이 된다. 부모가 C나 D라면 미래는 뻔하다. 유전자의 힘처럼 강력한 것은 없다. 아무리 노력해도 태생적 한계를 극복할 수는 없는 것이다.

그래서 아이들은 더 체중에 집착했다. 개인의 노력으로 눈동자의 크기나 목의 길이를 바꿀 수는 없으나 체중은 조절할 수 있다고 생각했다. 날씬해지는 것만이 개인이 할 수 있는 노력의 최대치인 것이다. 그래서 아이들은 자나 깨나 먹는 것에 신경을 곤두세울 수밖에 없었다.

이상한 일은 아이들이 먹는 일로 그렇게 고통을 받는데도 어디에나 먹을 것이 있다는 점이었다. 거리에 나가면 늘 누군가 시식을 권했다. 케이크와 젤리, 캔디, 탄산음료가 넘쳐났다. 학교 카페테리아에도 무료로 제공하는 탄산음료와 달콤한 디저트들이 있었다.

"학교에서 저런 것들을 없애야 하지 않나요? 눈앞에 보이게 해놓고 먹지 말라니요. 아이들을 꼭 시험에 들게 할 필요는 없잖아요?"

다라는 학부모 회의에서 그렇게 제안했었다. 그러나 교장인 나냐는 차갑게 대꾸했다.

"우리가 아이들에게 가르치는 것은 절제입니다. 학교에서 그런 것들을 치운다 하더라도 사회에 나가면 온갖 유혹이 도사리고 있어요. 학교에서 유혹을 뿌리치는 훈련을 하지 않는다면 어디서 절제를 배울 수 있죠?"

연마와 제련을 거친 보석이 더 아름답듯이 아름다움이란 고통스런 절제의 결과일 때 더 가치 있다고 나냐는 말했다. 그러나 다라는 그 말을 흔쾌히 받아들일 수 없었다. 시티의 사람들이 똘똘 뭉쳐 계급 심사를 앞둔 아이들을 괴롭히고 있다는 생각을 떨칠 수 없었다.

S계급 커플의 식사가 차려진 뒤에야 레스토랑의 다른 사람들도 식사를 시작했다. 다라는 닭고기를 정성스럽게 잘라 입에 넣고 천천히 씹으며 만족스러운 표정을 짓는 카타를 가만히 바라봤다. 아리하가 카타를 좋아하는 이유는 바로 저것인지도 모른다. 카타는 사람을 편

안하게 한다. 카타를 바라보고 있으면 저절로 미소가 지어진다. 다라가 볼 때 카타는 충분히 아름답다. 카타의 분홍빛 통통한 뺨은 때때로 한번 쓰다듬어보고 싶은 마음이 들 만큼 예뻤다. 레스토랑의 모두가 식사를 하면서도 S계급 커플을 힐끔거렸지만 카타는 자기 음식에만 집중했다.

다라도 S계급 테이블을 훔쳐보았다. 식사가 나온 지 한참 되었지만 그들의 접시는 반도 비지 않았다. 음식을 남기는 것은 어릴 때부터의 습관일 것이다. 아무리 적은 양일지라도 반드시 절반 이상 남겨야 한다고 배웠을 것이다.

다라는 S계급의 행복이 의심스러웠다. S계급은 타고난다지만 타고난 미모를 유지하기 위해서라도 그들은 아기 때부터 혹독한 자기 절제, 단련의 과정을 겪고 있었다. S계급 사람들은 자신의 어린 자식들에게 허리 라인을 잡기 위한 코르셋을 입히고 발 모양을 예쁘게 잡기 위해 나무 신발을 신긴다는 소문이 돌았다. 아기들이 얼마나 고통스러울까? 정말로 그들이 행복할까?

다라의 이런 의심은 남편 창과의 다툼을 불러왔다.

"아리하, 엄마는 네가 그냥 아무나가 되어도 좋아. 먹고 싶은 걸 먹고 하고 싶은 걸 하는 것이 행복이야."

그러나 창은 이렇게 말했다.

"아리하, 노력하지 않고 얻을 수 있는 것은 아무것도 없어. 미래를 위해서는 지금 참고 견디어야 하는 거야."

창은 A계급이 되어야 한다고 어릴 때부터 아리하를 몰아붙였고 꼭 A계급이 되어야 행복한 것은 아니라는 다라와 사사건건 부딪쳤다. 창은 피부를 촉촉하게 만든다며 아리하에게 억지로 많은 물을 먹였고 똑바로 자야 자세 교정이 된다며 깊이 잠든 아이를 귀찮게 했다. 창은 아리하가 카타같이 통통한 남자애와 가까이 지내는 것도 질색했다. 유치원에 다닐 때도 아리하와 카타는 단짝이었다. 창은 둘을 떼어놓으려고 애를 썼고 아리하는 카타와 함께 놀고 싶어서 울고 떼를 썼다.

다라와 창의 대립은 아리하가 아침에 일어나서 잠들 때까지 매 순간 이어졌다. 일어나는 시간부터 씻는 일, 방 청소, 학교 공부, 잠드는 일까지 창은 아이에게 규칙과 규범과 절제를 가르쳐야 한다고 했고 다라는 제발 애를 좀 가만히 놔두라고 했다. 창은 다라에게 감정적이고 원칙 없이 이랬다저랬다 하며 아이를 혼란에 빠뜨린다고 비난했고 다라는 창에게 아이를 자신의 소유물로 대하며 어린애를 불안과 강박에 빠뜨린다고 비난했다. 둘은 별거에 들어갔고 아리하는 엄마와 함께 살기를 선택했다. 창은 딸의 선택에 충격을 받은 듯했다.

"아리하, 나중에 후회해도 소용없어. 엄마랑 살면 네 미래도 뻔해!"

"애한테 악담하지 말고 꺼져!"

창의 말이 맞았다. 다라는 혼란에 빠졌다. 늘 다투던 남편과 헤어지고 나니 분란은 줄어들었지만 아리하를 어떻게 대해야 할지 무슨 말을 해야 할지 알 수가 없었다. 창이 떠나고 나자 카타는 그 전보다 더 자주 아리하의 집에 드나들며 더 많은 시간을 함께 보냈다. 이번에는 다라의 마음에 불안이 피어올랐다. 이 아이들은 언제까지 이렇게 친하게 지낼 수 있을까? 계급이 결정된 후에도 둘은 계속 친구일 수 있을까? 세상은 온통 날씬해지기, 예뻐지기에 목숨을 건 경쟁을 벌이고 있는데. 살찌지 마! 살찐 아이랑은 놀지도 마! 예뻐야 돼! 예뻐야 살아남아! 경쟁에서 살아남으려면 내 아이가 잘하는 것도 중요하지만 다른 아이가 잘 못하는 것도 필요할지 모른다. 그렇지만 과연 그게 올바른 길일까? 아름다움이란 좋은 것이지만 아름다움이 행복과 동의어일까? 계급 결정을 일 년 앞둔 지금, 다라는 아리하를 속수무책으로 지켜보고만 있었다.

03

저녁을 먹고 카타와 헤어져 집으로 돌아온 아리하는 그제야 구두 생각이 났다. 구두가 든 쇼핑백을 옷장에서 꺼내고 다음 날 학교에 입고 갈 옷을 골랐다. 내일은 치노 선생님의 체육 수업이 있는 날이다.

치노와 아리하는 둘만의 작은 비밀을 공유하고 있었다. 어느 봄날, 신입생이던 아리하는 후미진 교정에 서 있는 커다란 나무 한 그루에 마음이 몹시 끌렸다. 연한 초록색의 새잎들이 봄바람에 살랑살랑 흔들리며 소리를 냈다. 나뭇잎들 사이로 햇살이 조각조각 부서져 내렸다. 사방으로 뻗은 나뭇가지들도 탄탄하고 안정되어 보였다. 나무가 '올라와. 한번 올라와봐' 하고 아리하를 유혹하는 것처럼 느껴졌다.

아리하는 어릴 때부터 나무타기를 좋아했는데 그것 때문에 아빠에게 야단을 맞은 일도 부지기수다. 하이힐과 티어드 스커트 따위는 벗어던져야 하고 피부에 생채기가 날 수도 있는 나무타기는 아빠가 질색하는 일 중의 하나였다. 하지만 아리하는 어딘가에 오르고 매달리는 일이 좋았다. 몸속의 어떤 기운이 길을 찾아 마침내 손끝 발끝으로 뻗어나가는 느낌이 좋았다. 친구들 중 누구도 나무타기 따위는 하지 않았으므로 아리하의 나무타기는 혼자만 알고 있는 비밀이었다.

봄바람이 불어오던 날, 나무 위에 올랐을 때 맞은편 가지 위에 걸터앉아 있던 사람이 바로 치노 선생님이었다. 치노는 아리하와 눈이 마주치자 햇살처럼 웃으며 살짝 윙크를 했다. 쉿! 하며 검지를 입에 대 보이고는 날렵하게 나무를 내려갔다.

치노는 새로 온 체육선생님이라고 했다. 이전까지 체육시간에는 주로 워킹과 포즈잡기 등을 배웠다. 서 있을 때의 포즈, 의자나 바닥에 앉을 때의 포즈, 우아하게 눕는 포즈까지. 우아하면서도 신체의 결점을 가릴 수 있는 포즈를 달달 외워 시험도 봤다. 그러나 치노는 기초 체력을 위한 점핑과 달리기, 철봉 운동을 주로 시켰다. 체육시간에 하이힐을 금지하고 무조건 운동화를 신게 했다. 치노와 같이 뛰고 구르다 보면 땀을 뻘뻘 흘리고 힘들어서 얼굴을 찌푸리고 바닥에 철퍼덕 주저앉게 되지만 치노는 체육은 원래 그런 거라고 했다.

아리하는 이제까지 받아왔던 체육 수업과는 다른 치노의 수업이 정말 좋았지만 불평을 쏟아놓는 아이들도 있었다. 달리기를 하고 나면 숨을 몰아쉬게 되는데 그게 싫다는 것이다. 육체를 움직여서 하는 노동은 가난한 사람들이나 하는 일이어서 숨을 헉헉거리는 것 자체가 우아하지 못한 천한 행위로 여겨지기 때문이었다.

학부모 회의에서 치노에 대한 불만이 제기된 적도 있다고 들었다.

"아침에 완벽하게 차려입고 학교에 간 아이가 저녁에 거지꼴이 되어서 돌아왔어요. 체육시간에 내내 달리기를 했다고 하는데 그게 계급 심사에 어떤 도움이 되나요?"

부모들까지 개입할 정도로 일이 커진 것은 치노가 운동화 신는 것을 거부한 아이에게 'S계급 따위보다 달리기가 더 중요하다'는 말을 했기 때문이다.

S계급 따위라니! 그 일 때문에 학부모 총회가 열렸고 학부모들은 치노를 성토했다.

"아름다움은 절대선이에요. 아이를 가르치는 교사가 그것에 대한 확신이 없다면 큰 문제가 아닐 수 없죠. 애들이 뭘 보고 배우겠어요?"

교장인 나냐가 치노를 불러 경고하고 치노가 학부모들에게 사과하는 선에서 그 일이 마무리되긴 했다. 일이 그쯤에서 끝난 것은 치노가 A계급이기 때문일 것이다. A계급 교사는 흔하지 않다. 교장인 나냐가 S계급이고 교사 중에도 A계급이 있다는 이유만으로 아리하의 학교는 입학 대기 순번을 받아야 하는 유명 학교가 되었다.

치노는 A계급이면서도 외모를 더 꾸며보려는 어떤 노력도 하지 않았고 그것이 보는 사람을 안타깝게도 만들고 마음 편하게 만들기도 했다. 아리하는 마음이 편한 쪽이었다. 카타를 좋아하는 것과 비슷한 이유로 아리하는 치노를 좋아했다.

어쨌든 내일은 체육수업이 있으니 새로 쇼핑한 하이힐을 신는 것은 좀 더 미뤄야 했다. 하이힐을 이리저리 뜯어보며 아리하는 치노 선생님이 이 11센티미터 하이힐을 보면 뭐라고 할까 생각했다. '아리하! 당장 거기서 내려와! 발목 부러지겠다'라고 말하는 치노를 상상하며 아리하는 웃었다.

구두 상자가 들어 있던 쇼핑백을 정리하는데 무언가 바닥에 툭 떨어졌다. 축하카드라도 들어 있음 직한 작은 종이봉투였다.

"뭐지?"

아리하는 봉투를 열었다. 안에서 또 여러 겹으로 잘 접힌 종이가 나왔다. 종이를 풀어보니 안에 작고 길쭉한 진회색 알갱이 같은 것이 여러 개 들어 있었다. 뭔지 알 수 없지만 식물의 씨앗 같았다. 그리고 그 씨앗을 싼 종이 안쪽에 '상추'라는 글씨가 타이핑 되어 있었다.

아리하는 가슴이 쿵 내려앉았다. 아무도 없는 빈 방을 둘러봤다. 그리고 급히 창가로 다가가 커튼을 닫았다.

'씨앗을 나눠주는 사람들!'

몇 달 전, 학교에 대자보 사건이 있었다. 새벽 시간 학교 건물에 '씨앗을 나눠주는 사람들' 명의의 대자보가 나붙은 것이다. 이른 시간에 등교한 주니를 비롯해 몇몇이 그 대자보를 보았다. 교직원들이 재빨리 대자보를 떼어가서 실제로 읽은 아이들은 몇 되지 않았지만 아이들의 입을 통해 대자보 내용이 전교에 퍼지는 데는 한 시간도 채 걸리지 않았다. 다른 반 아이들까지 주니의 이야기를 들으려고 몰려왔다.

"씨앗을 나눠주는 사람들이야. 우리 학교뿐만이 아니야. 매일 밤마다 그 사람들이 붙인 대자보가 시티 전체를 뒤덮는대."

"난 한 번도 못 봤는데?"

"새벽에 클리너들이 싹 다 수거해가니까 그렇지."

"그래서 거기 뭐라고 쓰여 있는데?"

"식물을 길러서 먹자고."

"식물? 풀을 먹자고?"

"응, 그렇게 쓰여 있어. 식물을 먹어야 살이 찌지 않는다. 식물은 비만과 병을 예방하고 이를 튼튼하게 해주고…… 또 뭐가 많던데."

아이들 사이에서 '에에이' 하는 야유가 일었다. 식물이 건강에 좋다고? 식물에는 독이 있다. 식물은 예쁜 꽃을 피우고 열매를 맺으나 보기에만 좋을 뿐이다.

개인이 식물을 키우는 것은 파인 시티에서는 불법이다. 꽃과 나무는 관공서에서 허가받은 사람만이 재배했다. 당연히 공공장소에서만 볼 수 있었다. 모든 식물에는 독이 있고 독이 있는 식물을 개인이 키우다가는 사고를 당할 수도 있다는 것을 모두 알고 있었다. 세심하게 통제된 환경과 조건이 아니라면 일반인이 식물을 다루는 것은 위험하기 짝이 없는 일이다. 학자들은 사람이 식물을 직접 먹는 경우에 생길 수 있는 중독의 위험을 경고했다. 학교와 미디어에서 철저히 교육하기 때문에 식물을 그대로 먹는 사람은 없었다. 비타민과 미네랄은 제약회사에서 만든 정제의 형태로 흡수했다. 섬유소도 마찬가지다.

나서기 좋아하는 도시오가 이번에도 나섰다.

"왜 '씨앗을 나눠주는 사람들'이라고 하는 줄 알아? 실제로 씨앗을 몰래 나눠주기 때문이야. 우편함에 넣어두기도 하고 주인 몰래 가방에 넣어놓기도 한대."

"공짜로?"

"몰래 넣어두니까 당연히 공짜지. 하지만 틀림없이 나중엔 돈을 받을걸?"

"그게 무슨 말이야?"

"식물은 중독되니까. 우리 아빠가 그러는데 식물은 중독이 되니까 한번 맛을 들이면 끊을 수가 없대. 그 사람들이 노리는 게 그거야. 처음에는 공짜로 나눠주고 식물 맛을 본 사람이 중독이 되면 그다음부턴 아주 비싼 값을 받는 거지. 구하기도 어려우니까 엄청난 값을 불러도 중독된 사람은 그걸 살 수밖에 없는 거야."

도시오의 설명이 그럴듯해서 아이들은 고개를 끄덕였다.

대자보 사건의 여파였는지 학교에서 다시 전교생 대상 특강이 열렸다. 특강은 지겨웠다. 같은 이야기를 하고 또 하고 지칠 때까지 반복하기 때문이었다. 역사 시간에도 수없이 배운 내용인데도 학생들은 굿펠로 이전의 역사, 지도자 굿펠로가 이 시티를 구원하기 이전의 역사 이야기를 또 들었다.

인간은 과거, 절제 없는 식탐 때문에 많은 질병을 얻고 몇 번이나 멸망 위기까지 갔었다. 인간의 먹을 것과 관련한 탐욕은 끝이 없었다. 먹기 위해 식물에 유전자 조작을 했고 먹기 위해 공장식 축산업을 했으며 그 결과 자연이 파괴되고 기후가 망가졌다. 인간은 너무 많이 먹어서 온갖 질병에 시달렸다. 인간이 식량인 식물과 동물을 먹기 좋도록 변형하는 동안 인간을 위협하는 바이러스도 계속 변이의 과정을 거쳤다. 결과는 파국이었다. 멸종의 위기에서 인간을 구원한 것이 바로 굿펠로다. 시티의 밖에서 온 굿펠로는 시스템을 바꾸고 여러 혁명적인 조치를 통해 인간을 멸종 직전에서 구해냈다. 굿펠로가 인간들을 보호하고 지도하는 것은 당연한 일이다. 다시는 예전의 전철을 밟지 않기 위해 인간이 먹는 행위는 가혹하더라도 공공의 통제를 받아야 한다.

이것이 특강의 내용이었다. 신문, 방송에서 쉬지 않고 떠들어대는 내용이기도 했다. 굿펠로는 여전히 시티의 지배자였지만 대중 앞에 모습을 드러내는 일은 없었다. 그 대신 셀 수 없이 많은 그의 추종자들이 그의 입을 대신했다.

강당에서 돌아오는 길에 주니는 아이들에게 다시 대자보에서 본 내용을 떠들었다.

"부엌을 만들자고도 쓰여 있었어."

"부엌?"

"부엌이 뭐야?"

아이들이 웅성거렸다.

"각자 집에서 음식을 만들어서 먹는 곳이래. 예전에는 집집마다 부엌이 있었다는데? 집에서 음식을 만들어서 가족들끼리 먹는대."

"그럼 집집마다 조리도구랑 불 피우는 도구가 다 있어야 하는데?"

"음식 저장고랑 그릇도 있어야 되고."

"집에 레스토랑처럼 그런 게 다 있었다고?"

"몰라, 옛날에는 그랬대."

아리하로서는 이해가 가지 않는 부분이었다. 사람들이 각자 집에서 음식을 만들어서 가족들끼리만 먹는다고? 그럼 엄청난 낭비가 아닐까? 음식은 다라가 다니는 푸드 팩토리 같은 식품회사에서 만드는 것을 사 먹으면 된다. 맛좋은 음식을 파는 레스토랑도 즐비하다. 집집마다 레스토랑의 조리실처럼 부엌이라는 공간이 있었다니. 마치 집집마다 각자 발전기를 돌려서 전기를 만들어 쓰는 일과 마찬가지로 느껴졌다. 너무 비효율적이다.

'씨앗을 나눠주는 사람들'은 다시 과거로 돌아가자는 주장을 하는 것일까? 과거, 사람들은 다른 사람들이 보지 않는 곳에서 사적으로 음식을 먹었기 때문에 절제 없이 탐욕스러워졌고 그래서 절멸 위기까지 갔었는데 다시 그런 전철을 밟자는 이야기일까?

그들의 주장을 잘 알 수는 없지만 그들이 굿펠로의 정책을 반대하는 반체제 조직인 것만은 확실해 보였다. 그들이 구두 쇼핑백에 몰래 넣어준 상추 씨를 바라보고 있자니 아리하는 가슴이 두근거렸다.

갑자기 방문을 노크하는 소리가 들렸다. 소스라치게 놀란 아리하는 주먹을 꽉 쥐어서 손바닥 안의 씨앗을 감추었다. 다라가 문을 열고 고개를 들이밀었다.

"잘 자라고 인사하려고."

"네, 엄마도요."

목소리가 탁하게 나왔다. 다라가 아리하를 쳐다봤다. 목소리가 조금만 어색해도 귀신같이 알아채는 엄마. 아리하가 '으음' 하고 목을 가다듬었다. 다라가 아리하의 꽉 쥔 주먹에 시선을 주고 가만히 쳐다보았다. 아리하는 갑자기 반항심이 생겼다. 엄마 앞에서 전전긍긍하는 모습을 보이는 것은 싫었다.

'뭐야, 내가 잘못한 것도 없잖아.'

아리하는 다라 앞에 손바닥을 쫙 펴 보여주었다.

"이것 봐요."

아리하의 손바닥을 보고 다라가 눈을 크게 떴다.

"구두 쇼핑백에 들어 있었어요."

"언제부터?"

"그거야 모르죠."

"젤리를 줬던 그 여자가 넣은 거야?"

"그건 아니고 내 생각엔 아까 거리 계측 때 소란스러운 틈에 누군가 넣은 것 같아요."

다라가 상추 씨를 쌌던 종이 쪽지를 자세히 살펴봤다. 타이핑한 글씨 외에 아무것도 쓰여 있지 않았다. 종이가 들어 있던 작은 봉투까지 탈탈 털어보고 앞뒤 돌려가며 자세히 살펴봤지만 어떤 정보도 얻을 수 없었다. 아리하가 조심스레 말했다.

"씨앗을 나눠주는 사람들이죠?"

다라가 깜짝 놀란 표정을 지었다.

"그게 무슨 말이야? 너 그 이야기 어디서 들었어?"

"학교에 대자보가 붙은 적이 있어요. 근데 엄마도 알고 있었어요?"

다라도 물론 알고 있었다. 이 시티에 어떤 움직임이 있다는 것을. 일군의 어떤 사람들이 굿펠로에 반기를 들었다는 소문을. 다라는 아리하의 손바닥에서 씨앗을 하나하나 조심스레 집어 들었다.

"아리하, 이 일은 잊어버려. 이건 엄마가 알아서 할게."

"어떻게 할 건데요? 신고할 거예요?"

아리하가 진지하게 다라를 쳐다봤다. 다라는 잠시 말을 골랐다.

"글쎄, 좀 생각을……."

"엄마, 우리 이거 키워요."

다라가 눈을 동그랗게 떴다.

"뭐라고?"

"씨앗이잖아요. 싹을 틔워봐요. 뭐가 나오는지 궁금해요. 난 이걸 키워서 한번 먹어봤으면 좋겠어요."

불법 씨앗이 수중에 있다는 것에 아리하는 가벼운 흥분을 느꼈다. 잘난 체하는 도시오. 너는 상추 씨를 실제로 본 적도 없겠지?

"아리하."

다라가 양손으로 아리하의 어깨를 잡았다.

"이 일에 대해서는 너는 아무것도 모르는 거야. 네 쇼핑백에는 아무것도 들어 있지 않았던 거야. 이 얘기는 아무한테도 하면 안 돼. 알겠니?"

엄마가 심각하다는 것을 깨닫고 아리하는 천천히 고개를 끄덕였다.

🐻 🐻 🐻

창이 카페 구석자리에 앉아 있었다. 아리하와 창은 주말마다 정기적으로 만나고 있지만 다라가 창을 만나는 것은 몇 달 만이었다.

다라가 들어서자 창은 손을 살짝 들었다. 맞은편에 앉으려던 다라는 창의 정수리가 더 휑해진 것을 보자 가슴이 쿵 내려앉았다. 창은 실력 있는 식물학자였지만 계급으로는 C계급이었다. 누구보다도 더 외모치장에 열중하며 B계급으로의 상승을 열망하고 있지만 빠지는 머리카락이 그의 발목을 잡고 있었다.

18세 심사를 거쳐 정해진 계급은 죽을 때까지 불변인 것은 아니었다. 계급 심사 이후에도 피나는 노력을 계속하여 외모를 개선하고 재심사를 요청하는 사람들도 있었다. 그러나 재심사에서 기존 계급보다 더 높은 계급을 받게 되는 일은 흔치 않았다. 시간의 흐름이 수반하는 노화는 아름다움의 적이기 때문이다. 게다가 재심사에서 오히려 계급이 떨어질 수도 있기 때문에 사람들은 재심사대에 서는 것을 두려워했고 나이 들어 피부가 쪼글거리고 머리가 빠지기 시작하면 대중의 눈으로부터 서서히 자신을 숨겼다.

그러나 사십 대인 창은 여전히 재심사의 꿈을 버리지 않고 있었다. 창은 계급 상승의 희망을 품고 각종 신약과 믿을 수 없는 민간요법에 의지하고 있지만 탈모는 여전히 두려운 불치병이었다. 파인 시티에서 아름다운 외모를 위협하는 탈모나 피부 트러블, 흉터 등은 당연히 끔찍하고 중대한 질병으로 취급되었다. 사람들은 탈모 때문에 병가를 내고 입원을 했고 주변 사람들은 불치병을 앓는 그를 안타깝게 여겼다. 창이 탈모 치료에 아무리 온 힘을 다하더라도 상황은 악화될 것이다. 이제 나이 들어 피부에 주름이 지고 뼈가 굽어 더 이상 계급이란 것도 아무런 의미가 없어지는 일만 남았다. 그때까지만이라도 C계급을 유지할 수는 있을까?

다라는 그의 휑한 정수리를 못 본 체하며 자리에 앉았다.

"아리하는?"

"잘 있지."

창이 가방에서 하얗고 긴 원통을 꺼냈다.

"비타민 정제야. 십 대 여성용. 권장량보다 조금 더 먹는 게 좋을 거야."

다라는 약통에 붙어 있는 설명서를 들여다봤다. 너무 작은 글씨여서 알아볼 수 없지만 눈을 찌푸리며 읽어보려 노력했다. 식물학자인 창은 제약회사의 연구원으로 일하고 있었다. 회사 주력상품이 바로 비타민과 미네랄 정제다. 창은 아리하의 영양을 꼼꼼히 챙기며 거기 맞는 제품들을 가져다주었다. 다라가 물었다.

"이게 알고 보면 식물 추출물로 만들어졌잖아, 그렇지?"

"아니지."

"아니라고?"

"비타민은 원유를 정제하는 과정에서 부산물로 얻어지는 화합물을 원료로 만드는 거야. 식물에 존재하는 성분과 같은 분자구조를 만드는 거지."

"식물에 존재하는 것과 같은 분자구조?"

"화학식 구조가 같은 거야. 근데 그건 왜 물어?"

"이 약에 들어 있는 합성물과 같은 것들이 식물에 들어 있었다는 뜻이잖아? 그런데 왜 식물을 직접 먹으면 안 된다는 거야?"

"그거야 식물에는 그것들 말고도 다른 게 많이 들어 있으니까 그렇지."

"예를 들면?"

"예를 들자면 많지만 왜 묻는지 먼저 알아야겠어."

"뭐 독성 때문이라고 하겠지. 하지만 식물학자들이나 화학자들이 얼마든지 구별해낼 수 있지 않을까? 어떤 식물에 어떤 독이 들었는지 무엇을 조심하고 무엇은 안심해도 되는지. 당신 회사에서는 그런 연구를 안 해?"

"안 해."

"어째서?"

"내가 회사 사장이야? 내가 결정할 수 있는 게 아니잖아. 그런 연구는 당국에서도 좋아하지 않아."

"당신은 늘 시키는 대로만 하는 사람이지."

"시키는 것만 하기에도 시간이 부족해."

순식간에 분위기가 싸늘해졌다. 늘 이런 식이니 새삼스러울 것도 없는 일이다.

"왜 연락한 건데?"

다라는 망설였다. 다라의 핸드백 안에 문제의 그 상추 씨가 들어 있었다.

사실 다라에게는 어떤 기억이 있다. 아주 어린 시절의 기억이다. 아무에게도 심지어 창과 아리하에게도 이야기 하지 않았지만 다라는 집에서 식물을 길러 먹었던 기억이 있다. 다라의 엄마는 분명 식물이 몸에 좋고 살찌지 않으려면 식물을 많이 먹어야 했다고 했었다. 아주 어릴 때이긴 하지만 식물을 날 것으로 먹은 기억은 분명하다. 식물을 먹고 배가 아프거나 병에 걸리는 일도 없었다. 그때 먹었던 것이 바로 상추였던 것 같은데. 식물이라고는 해도 꽃잎이나 나뭇잎과는 아주 다른 느낌이었다. 입안에서 부드럽게 씹히며 아삭아삭하는 소리가 나고 향도 났다. 무언가 생생한 것을 씹어 먹는다는 쾌감이 있었다. 맨발로 흙을 밟았던 기억, 집에서 엄마와 함께 식물을 먹었던 기억, 편안하고 푸근하고 따뜻했던 기억. 이제는 그 기억이 진실인지 자신의 상상에서 나온 것인지도 헷갈린다. 어머니는 오래전에 돌아가셨으니 물어볼 수도 없었다.

다라는 식물학자인 창을 만나서 상추 씨에 대해 이야기하고 어떻게 키우는지, 먹어도 되는지 확인하고 싶었다. 어릴 때 엄마와 함께 먹었던 그 부드러운 이파리가 상추였던 건 확실할까? 지금 가지고 있는 씨앗이 확실히 상추 씨가 맞긴 할까? 창은 '씨앗을 나눠주는 사람들'에 대해 알고 있을까? 들어보기라도 했을까?

다라 역시 '씨앗을 나눠주는 사람들'의 주장을 읽어본 적이 있었다.

아니, 그들의 주장이 아니더라도 다라는 무언가 크게 잘못되었다고 느끼고 있었다. 사람들이 무엇을 먹든 먹지 않든 그것을 당국이 나서서 강제하는 것은 이상하다고 생각했다. 타고난 외모에 계급을 나누어 차별하는 것도 받아들일 수 없었다. 다른 건 몰라도 체중 때문에 사람을 길에서 강제로 체포해 가는 것에는 아무리 해도 동의할 수 없었다.

다라는 마음속으로 고개를 흔들었다. 창에게 그런 이야기를 할 수는 없었다. 창은 꿈에서라도 그런 생각을 할 사람이 아니었다. 다라는 핸드백 속의 상추 씨에 대해서 입을 다물었다.

그날, 집에 돌아온 다라는 샬레에 솜을 깔고 물을 부었다. 그 위에 상추 씨를 뿌렸다. 다라는 식물에게 필요한 것은 햇빛과 물이라는 것을 알고 있다. 어린 시절 머리에 새겨진 기억이다. 씨앗을 발아시키기로 한 자체가 어떤 선을 넘어서는 일이라는 것을 아는 다라의 손이 떨렸다.

04

열여덟 번째 생일이 지난 아이들은 시민위원회의 심사를 통해 계급을 부여받는다. 심사는 분기에 한 번 있었다. 아리하의 학교에도 이미 심사를 끝낸 선배들이 생겼다. 심사 직후 며칠간 학교 분위기는 말이 아니었다. 선망과 질시, 동정, 분노, 절망, 공포, 무기력 등 모든 종류의 감정들이 교실마다 끓어 넘쳤다. 어제까지 단짝이었더라도 같은 계급이 되지 못하면 관계에는 균열이 생겼다. 높은 계급은 그들끼리 어울렸고 낮은 계급의 아이들은 제각기 흩어져 자기 안으로 숨었다. 인생의 앞길은 정해진 것이나 마찬가지였다. 재작년에는 D계급 판정을 받은 선배 하나가 자살하는 일이 있었다. 시티 전체에서 매해 한두 건씩은 있는 일이었다. 그러나 자살 사건은 쉽게 잊혔다. 실패자가 삶을 포기해버린 이야기보다 S계급을 받아 이제 눈앞에 꽃길만 펼쳐진 사람의 이야기가 더 빠르게 널리 퍼졌다.

"들었어? 8지구 고교에서 이번에 S가 나왔대."

"한 명?"

"이번 분기에 한 명. 하지만 8지구는 저번에도 한 명 나오지 않았어? 거기는 일 년에 몇 명 정도는 꾸준히 나오는 것 같아."

"아, 나 엄마한테 8지구로 이사 가자고 해볼까?"

마사의 말에 아이들이 일제히 마사를 쳐다봤다. 마사가 들고 있던 빗을 책상에 툭 던졌다.

"농담이야. 이것들이 정색을 하고 있어."

"근데 8지구는 진짜 학교에서 엄청 관리해준대. 따로 반을 만들어서 급식 자체를 따로 했다는데? 외부 강사 써서 커리큘럼도 따로 굴리고. S계급 선배가 특강 온 적도 있대."

"말도 안 돼!"

모두 비명을 질렀다. 말도 안 된다. 심사를 받기도 전에 학교에서 그런 식으로 특혜를 준다니.

"뭐, S가 하나 나오면 그 학교 이름이 단박에 유명해지니까 당연히 신경 쓰겠지."

"아무리 신경 쓴다고 해도 C나 D가 S 되겠냐? 다 떡잎부터 다르지. S가 될 사람은 태어나는 순간 딱 안대. 나올 때 벌써 후광이 비친다더라. 나 태어날 때 우리 엄마한테 산부인과 의사가 해준 말이야."

도시오가 말하자 아이들이 조용히 흩어졌다. 떠들던 아이들을 순식간에 조용히 시키는 재주가 도시오에게 있었다.

마침 홈룸 교사 케이시가 교실로 들어왔다. 케이시 선생님이 저녁에 방송되는 TV 토론을 시청하라는 숙제를 내주자 아이들이 야유를 보냈다.

"교장 선생님이 토론자로 출연하시니까 꼭 보도록 해요. 내일 홈룸 시간에 같은 내용으로 다시 조별 토론을 할 거예요. 물론 성적에 반영됩니다."

학교 교장인 나냐는 시민위원회의 중앙위원이다. 시민위원회는 일종의 자치기구지만 사실은 굿펠로의 정책을 선전하는 일만을 할 뿐이다. 중앙위원이라는 지위보다 더 중요한 것은 나냐가 S계급이라는 사실이다. 나냐는 완벽한 미인인 데다 자기관리에 엄격해서 언제 어디서 보아도 머리카락 한 올 흐트러지는 법이 없었다. S계급 사람들은 직업을 가질 필요가 없지만 나냐는 사립학교 교장으로 일하며 적극적으로 사회 활동을 했다. 일반 사람들을 교화하고 올바른 방향으로 이끌며 선한 영향력을 행사하는 것이 S계급 된 자의 소명이라고 믿었다.

나냐가 출연하는 TV 토론은 프라임 타임에 편성되었다. 저녁 먹고 재미있는 게임이나 하며 쉴 시간에 숙제라니. 한숨을 쉬면서도 아리하는 노트와 펜을 챙겨서 TV 앞에 앉았다.

"숙제?"

"으응. 지겨워."

아리하가 몸을 뒤틀자 다라가 옆에 앉아 달래듯 아리하의 어깨를 감싸 안았다.

TV를 켜니 프로그램이 막 시작된 참이었다. 사회자가 토론자로 나선 사람들을 소개하고 있었다. 학교에서 가끔 보는 나냐와 화면으로 보는 나냐는 같은 사람이지만 묘하게 달라 보였다. 좀 더 젊어 보이는 걸까? 피부나 머리카락이나 모든 것이 더 딱딱해 보였다.

"오늘 토론의 주제는 캠프 입소를 통해 보는 진정한 인권의 의미입니다. 우선 영상부터 함께 보시죠."

사회자의 말에 이어 화면에 어떤 장면이 비춰졌다. 열 명이 채 안 되는 사람들이 피켓을 들고 거리에서 시위 중이었다. **비만자도 인간이다, 내 딸을 보여줘, 강제입소 결사반대** 등의 문구가 쓰여 있었다. 그들은 아마도 가족을 캠프로 보낸 사람일 것이다. 거리에서 화이트 레스큐에게 신체계측을 당한 뒤 끌려간 사람들의 가족. 시위는 아마 길지 못했을 것이다. 화이트 레스큐가 시위를 벌이는 그들을 강제로 차에 실어 시티 외곽에 흩어놓았을 테지만 그 장면은 TV에 나오지 않았다.

스튜디오로 화면이 넘어오자 미세하게 얼굴을 찌푸린 나냐가 보였다.

"캠프 입소자의 가족들이 벌이는 시위를 보셨는데요, 어떻습니까?"

"아름답지 않네요."

냐냐가 한마디로 대답하자 방청석에서 약간 웃음이 번졌다. 아름답지 않은 것은 사실 더 이상 논할 가치도 없는 일이다.

"아니 아니, 그렇게만 볼 일이 아닙니다."

상대 토론자로 나온 의학박사라는 깡마른 남자가 급하게 끼어들었다. 보기 좋게 마른 것이 아니라 그야말로 비쩍 마른 타입이라 잘 봐야 B계급 정도로 보였다. 아니면 C? 애초 게임이 안 되는 상대다. 나냐는 S계급인데. 이런 토론회가 아니라면 한 테이블에 마주 앉을 일조차 없을 사람들이다.

의학박사라는 남자가 말을 이었다.

"저들은 캠프 입소 자체를 반대하는 것이 아닙니다. 캠프 입소가 비만자 구조 활동이라는 것도 인정합니다. 그러나 그 과정이 비인간적이라는 것이죠. 입소는 갑작스럽게 이뤄집니다. 어느 날 갑자기 거리에서 휙 사라집니다. 가족의 동의뿐 아니라 본인의 동의도 받지 않죠."

"동의라고요?"

냐냐가 기가 막힌다는 듯이 미소를 지었다.

"그러니까 제 말은 동의라기보다는…… 그렇죠. 정보제공을 해줘야 한다는 겁니다. 그들이 입소하게 된 캠프가 어디에 있는지 그 안에서 어떤 생활을 하고 있는지 가족에게는 알려야 한다는 말입니다. 지금은 면회조차 할 수 없어요. 가족 입장에서는 어느 날 갑자기 사랑하는 사람을 잃게 되는 일입니다."

"제가 하고 싶은 말이 바로 그거예요, 박사님. 사랑하는 가족."

"네. 가족이요. 친구일 수도 있고요. 어쨌든 내 주변의 어떤 사람이 갑자기 사라져서 소식을 못 듣게 된다면……."

"갑자기 사라져서 소식을 못 듣게 되는 것, 주변과 단절하는 것이 바로 캠프의 핵심입니다. 박사님. 그게 목적입니다."

"단절이 목적이라고요?"

"그렇습니다. 단절."

나냐의 표정이 차가웠다. 녹아내릴 듯 따스하게 웃다가도 순식간에 돌변해 저런 표정을 지을 수 있는 것이 나냐의 능력이다. 앞에 앉은 사람은 맹수의 시선에 사로잡힌 토끼처럼 꼼짝도 할 수 없게 된다.

"사랑하는 가족이라고요? 소식을 듣고 싶다고요? 면회를 하고 싶다고요? 그렇게 그리워서 애가 탈 정도로 사랑하는데 그 가족이라는 사람들은, 친구라는 사람들은 캠프 입소자들이 그렇게 살이 찔 때까지 왜 내버려둔 겁니까? 사랑했다면서요? 그러면 BMI 28.5가 넘기 전에 그 전에 25나 26에 가까워졌을 때, 그때 어떤 조치를 취했어야 하는 것이 아닐까요? 살이 찌는 것은 물론 본인의 책임이지만 그를 그렇게 내버려둔 주변 사람 탓도 있습니다. 왜 적극적으로 막지 못했습니까? 왜 그 사람이 인간다운 길을 벗어나는데도 방치했습니까? 왜 아름다운 삶을 버리고 추악한 비만의 길로 걸어 들어가는 것을 보고만 있었습니까? 사랑했다면서요?"

박사의 말문이 막히는 건 나냐의 말 때문이 아니라 나냐가 잡아먹을 듯 쏘아대는 저 눈빛 때문일 것이다.

상대를 다그치는 나냐의 눈빛은 TV 너머 아리하까지 숨 막히게 했다. 사랑한다면 개입했어야지! 사랑한다면 막았어야지! 나냐가 마치 아리하의 어깨를 잡아 흔드는 것처럼 느껴졌다. 아리하! 카타를 좋아해? 그렇다면 내버려두지 말아야지!

아리하는 자신도 모르게 어깨를 바싹 움츠리고 있었다. 동그랗게 웅크린 몸이 작아졌다. 다라가 곁눈으로 아리하를 봤다. 아리하가 어떤 생각을 하는지 다라도 알고 있었다. 아리하는 늘 이렇게 말했다.

"나는 카타가 좋아. 사람들이 걜 그냥 놔뒀으면 좋겠어, 이래라저래라, 먹어라 먹지 마라 하지 말고. 카타가 뭘 먹을 때마다 흘끔흘끔 쳐다보는 거 정말 지긋지긋하다고! 왜 다들 개한테 충고하고 설교하지 못해서 안달이지?"

TV화면 속 나냐가 조금 누그러진 목소리로 나긋나긋 말했다.

"가족의 입장에서 보면 비만자의 캠프 입소는 가슴 아픈 일일 수도 있습니다. 소식도 듣지 못하고 떨어져 살아야 하니까요. 그렇지만 개인적이고 사소한 정에 연연하다가는 앞으로도 계속 비만자들과 함께 살게 될지도 모릅니다. 알다시피 비만은 전염병입니다. 비만자 한 사람은 가족과 친구, 나아가 사회 공동체를 비만균에 감염시킵니다. 사소한 정 때문에, 나 하나쯤이야 하는 이기적인 생각 때문에 그 균이

전 사회에 퍼지는 것을 내버려두자고요? 그건 무책임입니다. 우리는 좀 더 공동체에 대한 책임의식을 가져야 합니다."

박사는 이제 땀을 흘리고 있었다.

"캠프 입소를 반대하는 것이 아닙니다. 내버려두자는 것이 아닙니다. 캠프에 입소하고 나서도 바깥사회와 소통할 수 있는 길이 얼마든지 있다는 것입니다."

"바깥 사회와 소통하는 순간 캠프의 프로그램은 무력화됩니다. 중요한 것은 격리입니다. 완벽한 격리요. 모든 환경을 바꾸어야 합니다. 모든 자극과 단절되어야 합니다. 새로운 환경에서 새로운 사람들과 완전히 새로운 생활을 하면서 비만자들은 새롭게 태어납니다. 그런 사례들을 얼마든지 보시지 않았나요? 캠프 치유자들이 가족 이야기를 하던가요? 가족을 보지 못해서 친구와 만나지 못해서 괴로웠노라고 말하는 사람이 있던가요? 그들은 캠프 이후의 삶에 만족합니다. 그들은 오히려 이전의 가족을 피합니다. 지금 시위를 하는 저 사람들은 자신들이 아들딸을 방치했다는 죄책감을 덜기 위해 뒤늦게 사랑 운운하는 것입니다. 저 아름답지 못한 피켓을 들고서요."

"아니오, 아닙니다. 그렇지 않습니다. 그들은 자식들을 보고 싶을 뿐입니다. 많은 사람들이 캠프 입소 후 다시는 자신의 아들딸을 보지 못했다고 말합니다. 최장 10년이 된 사람이 있습니다. 10년이 넘도록 딸을 보지 못했다고요. 이건 실종이나 마찬가지입니다."

그 말을 들은 나냐의 입술이 파르르 떨렸다. 카메라가 그걸 잡아냈다. 내면의 격정을 보여주는 초미녀의 입술 떨림에 스튜디오가 냉각됐다. 사회자조차 감히 입을 열지 못했다. 잠시 정적이 지나갔다.

이건 제대로 된 토론이 아니지. 아리하의 마음속에 반감이 솟구쳤다. 늘 이런 식이다. S계급의 사람이 조각 같은 섬세한 얼굴에 분노를 억누르는 표정을 짓거나 언뜻 눈물방울이라도 비치면 삽시간에 분위기가 압도된다. 논리가 아니라 다른 무기로 싸우는 것이다. 말이 아니라 범접할 수 없는 아름다운 외모로.

나냐가 입을 열었다.

"말씀드렸다시피…… 캠프 입소자들은 단절과 격리 과정을 거칩니다. 거기서 새 삶을 찾아 나오죠. 그들이 다시 과거의 삶으로 돌아가고 싶을까요? 자신을 비만자로 방치했던 가족과 친구들 곁으로 가고 싶을까요? 그들은 과거를 버린 겁니다. 자신을 방치하고 학대했던. 맞아요, 이건 학대죠. 학대했던 사람들로부터 벗어난 겁니다. 새로운 기회를 얻어서 새 삶을 살고 싶은 겁니다. 그래서 스스로 가족을 떠났습니다. 연락을 끊은 것입니다. 피해자가 가해자로부터 숨은 것입니다. 그런데 지금 저들은 피켓을 들고 가족이라는 허울을 쓰고 자신의 아들딸을 내놓으라고 하고 있습니다. 다시금 자식을 나락으로 떨어뜨리려 하고 있습니다. 그것을 우리가 허용해야 할까요? 스스로 숨은 사람들을 찾아내서 돌려보내란 말입니까? 어떻게 그런 무책임한 이야기를 하시죠?"

말을 마친 나냐는 왼손을 들더니 쇄골 아래에 살짝 갖다 댔다. 호흡을 한 차례 내뱉고는 가슴을 지그시 눌렀다. 비만자들에 대한 걱정과 슬픔과 분노를 힘겹게 참아내는 모습이었다. 방청석이 숙연해졌다. 어쩌면 곧이어 눈가가 촉촉해질지도 모르지. 카타도 똑같은 프로그램을 볼 텐데. 숙제니까. 카타가 저런 이야기를 고스란히 듣고 있다고 생각하니 아리하는 마음이 아팠다.

호흡을 고른 나냐는 결연한 목소리로 말했다.

"우리는 좀 더 용감해져야 합니다. 좀 더 단호해져야 합니다. 비만자들은 사회악입니다. 자신의 절제하지 못하는 식욕 때문에 인간의 가치를 하락시키는 일을 아무렇지 않게 저지르는 사이코패스 같은 존재들입니다. 우리 이웃에 숨어 있는 흉측한 비만인들을 찾아내야 합니다. 이들은 사회 각지에 포진해 있습니다. 비만 바이러스는 순식간에 퍼집니다. 싹이 보일 때부터 잘라내야 해요."

이것이 나냐를 비롯한 비만포비아들의 주장이다. 나냐가 학교 입학식에서 전교생과 학부모들을 모아놓고 연설했던 내용도 바로 이것이었다. 나냐는 부모들에게 당부했다.

"미에 대한 감각이란 어릴 때부터 키워주어야 하는 것입니다. 아기 때부터 본능처럼 미의식이라는 것을 몸과 마음에 각인시키지 않으면 성인이 되어 아무리 노력해도 예민한 미적 감각을 가지는 것은 불가능하죠. 그래서 교육이 중요한 겁니다."

나냐가 학교 교장으로 일하는 이유는 이런 사명감 때문이라고 했다. 나냐는 노력하기만 하면 인간은 세대를 거듭할수록 더 아름다워질 것이며 그것이 바로 '진화'라고 주장했다. 지금 비만자들의 싹을 뽑으면, 그래서 비만 바이러스 자체를 퇴치하면 인류에게 비만이라는 흉측한 병은 사라질 것이라고 소리를 높였다.

아리하는 TV를 껐다. 흥미진진한 토론은 아니었다. 나냐가 감정을 자극하는 말솜씨와 강력한 미모로 루저들을 훈계했을 뿐이다. 사실 토론이고 뭐고 결론은 뻔했다. 자업자득이라는 말. 비만인들이 아무리 고통을 호소해도 그 말 한마디면 다 정리가 되었다. 본인의 책임. 자업자득. 이런 식이라면 내일 홈룸 시간 토론도 제대로 진행되지 않을 것이다. 모두들 걱정스러운 표정으로 은근히 카타를 공격하겠지. 카타는 분홍색 얼굴이 빨갛게 변해 아무 말도 못 할 것이다. 아리하의 반론도, 모든 아이들에게 맞서는 용기도 남자 친구를 옹호하려는 사적인 감정으로 치부될 것이다.

아리하는 그대로 소파에 길게 누웠다. 차라리 학교에 가지 말까.

05

다라의 씨앗이 발아했다. 잘 모르긴 해도 발아한 것은 확실히 상추인 것 같았다. 새끼손톱보다 작은 연두색 잎을 보자 다라의 가슴이 쿵쾅거렸다.

유리 샬레에서 상추를 키울 수는 없었다. 화분에 흙을 넣고 새싹을 옮겨 심어야 했다. 그러나 파인 시티 내에서 흙을 구하기란 쉬운 일이 아니었다. 시티의 모든 바닥은 포장되어 있었다. 콘크리트나 아스콘, 에폭시, 우레탄 등등 뭐가 됐든 매끈한 것, 반질반질 윤이 나는 것이 땅을 온통 덮고 있었다. 조경을 위한 꽃과 나무가 있지만 그것들이 자라는 땅도 흙먼지가 날리지 않도록 망으로 꼼꼼하게 덮여 있었다. 어디서도 맨 흙은 구경하기 어려웠다. 아이들 중에는 흙이라는 것을 아예 한 번도 본 적 없는 경우도 많았다.

상추를 키울 흙 한 줌을 구하기 위해 다라는 한밤중에 차를 몰고 파인 시티 외곽으로 갔다. 시티는 아주 높은 벽과 철조망으로 둘러싸여 완벽히 통제되고 고립되어 있었다. 그리고 시티의 끝에 숲이 있었다.

사람들의 눈을 피해 숲에 들어가는 일은 쉽지 않았다. 캄캄한 밤에 작은 손전등에 의지해 숲으로 올라간 다라는 바닥을 더듬어 부드러운 흙을 찾았다. 손가락 사이로 흘러내리는 흙의 감촉이 느껴졌다. 내친김에 신발도 벗었다. 부드러운 흙이 맨발바닥에 닿자 다라의 입에서는 저절로 신음소리가 흘러나왔다. 하이힐에 구겨 넣지 않아 자유롭게 벌어진 발가락. 그 사이사이로 스며드는 흙과 나뭇잎과 작은 돌멩이들의 차가운 느낌. 예전에도 분명 이런 일이 있었던 것 같았다. 아주 아기였을 때 흙을 밟고 뛰어놀던 적이 있었던 것 같기도 했다. 이제는 기억도 잘 안 나는 옛날 일이었다.

어렵게 구한 흙을 싣고 돌아와 아리하가 어릴 때 쓰던 아기 욕조에 부었다. 화분으로 쓰기 안성맞춤이었다. 상추 씨앗은 총 스물여덟 개가 발아했지만 옮겨 심으려고 보니 벌써 여섯 개가 죽어 있었다. 스물두 개 새싹을 욕조 화분에 조심조심 옮겨 심었다. 물을 흠뻑 주며 잘 돌보았지만 흙에 뿌리를 내리지 못하고 죽어버린 것이 또 절반이었다. 최종적으로 아홉 개의 상추가 살아남았다.

다른 사람들의 눈을 피해 채소를 기르는 일은 만만치 않은 일이었다. 식물은 햇빛이 필요하지만 창가에 상추를 두었다간 이웃의 눈에 띌 염려도 있었다. 다라는 생각 끝에 볕이 잘 드는 창가에 커다란 거울을 두 개 두었다. 빛이 베란다 안쪽 창고 깊숙한 곳까지 들어가도록 거울의 각도를 조절했다. 그리고 창고 안에 상추 화분을 감추었다. 아리하의 눈을 피해가며 창고 문을 열어 햇빛이 상추 화분까지 닿도록 했다. 일단 뿌리를 내리자 상추는 쑥쑥 자랐다. 아침의 상추와 저녁의 상추가 달랐다. 이렇게까지 금세 자랄 줄은 다라도 몰랐다.

그러나 아리하가 마음에 걸렸다. 상추를 키우는 것은 당연히 아리하를 위해서였다. 다라는 '씨앗을 나눠주는 사람들'의 말을 믿었다. 무엇보다 다라 자신의 선명한 경험이 있었다. 다라는 아리하에게도 식물을 먹는 기쁨을 알려주고 싶었다. 그것이 장기적으로 아리하의 몸을 튼튼하게 해줄 것이라는 믿음도 있었다. 하지만 당국이 금지하는 일에 아리하를 끌어들이는 것이 올바른 일일까? 괜한 일을 했다가 아이를 위험에 빠뜨리는 것은 아닐까? 아직 어린 아리하가 비밀을 잘 지킬 수 있을까?

머리카락이 빠질 지경이었던 다라의 고민은 한 방에 정리되었다. 상추가 제법 많이 자란 어느 날, 저녁을 먹으러 나가려는데 아리하가 갑자기 물었다.

"언제 다 자라요?"

"뭐가?"

"상추요."

다라는 멈칫했다. 다 알고 있었다니. 다라는 애초에 속일 마음은 없었다는 듯, 비밀로 할 생각은 전혀 없었다는 듯이 재빨리 말했다.

"이제 거의 다 자랐어."

"그럼 언제 먹어요?"

다라는 아리하의 얼굴을 물끄러미 바라봤다. 대체 아리하는…….

"잠깐 앉을까?"

둘은 저녁을 먹으러 나가려던 것도 잊고 소파에 앉았다. 아리하가 다라를 도발적으로 바라봤다. 왜 그런 중요한 문제를 감추느냐고 따지는 것 같았다.

"아리하, 알겠지만 이 일은 비밀로 해야 해."

"아빠한테도?"

"아빠한테도."

아리하가 고개를 끄덕였다.

"좋아, 그럼."

다라가 일어섰다. 집 안에 조리도구는 없지만 조리된 음식이라면 얼마든지 밖에서 사 올 수 있다. 어디에나 무료 시식대가 있으니 한 바퀴 돌기만 하면 공짜음식도 잔뜩 가져올 수 있을 것이다.

밖에서 빵과 소스를 사온 다라는 아리하와 마주 앉았다. 상추를 뜯어서 접시에 올려놓았지만 모양도 냄새도 도무지 음식처럼 보이지는 않았다. 다라의 긴장이 무색하게 아리하는 덥석 상추를 집더니 망설임 없이 입에 넣었다.

"음…… 으음! 흐으으음……."

이상한 소리를 내며 와삭와삭 상추를 씹는 아리하를 보며 다라는 웃음을 터뜨릴 수밖에 없었다. 아리하는 꿀꺽 상추를 삼켰다.

"뭐 괜찮네."

다라를 빤히 보며 아리하가 말했다. 그러나 진실을 말하자면 굉장히 이상했다. 아리하로서는 처음 느껴보는 식감과 향과 맛이었다. 아리하는 맛이야 어떻든 아무 상관없다고 생각했다. 이것은 단순히 상추 문제가 아니었다. 무엇을 먹느냐 먹지 않느냐의 문제가 아니었다. 아리하가 상추를 먹는 일은 이제 지시와 통제에 얌전히 따르고만 있지는 않겠다는 선언 같은 것이었다. 그것이 아리하의 선택이었다. 다라는 그것이 카타 때문이라는 것을 알았다. 아리하는 카타를 좋아한다. 카타는 좋은 애다. 하지만 그들의 말대로라면 카타는 가까이해서는 안 되는 존재다. 아리하로서는 도무지 수긍할 수 없는 일인 것이다.

06

아리하는 교실에서 카타와 시선이 마주칠 때마다 덜컹 가슴이 내려앉는 듯했다. 아침에 카타를 보자마자 하교 후에 집에 같이 가자는 말을 해둔 참이었다. 카타는 환하게 웃으며 좋아했지만 아리하의 집에 가서 접시 위에 놓인 푸른 그것을 보고 나서도 같은 표정일지는 알 수 없는 일이었다.

다라와 아리하가 상추를 먹기 시작한 지도 몇 주가 되었다. 둘은 금세 그 맛과 향에 익숙해졌고 배변유도제를 끊고서도 건강한 변을 볼 수 있게 되자 환호성을 지르며 하이파이브를 했다.

하지만 아리하가 이 일에 카타를 끌어들이려 하면서부터 둘의 갈등이 시작됐다.

"카타한테도 상추를 나눠주면 왜 안 된다는 거예요? 분명 몸에 좋은 음식이라고 했으면서."

"아리하, 이건 우리 둘만의 비밀이라고 했잖아."

"카타가 여기저기 떠들고 다닐 거라는 뜻이에요?"

"그런 뜻이 아니야. 하지만 여러 사람이 알게 되면 위험이 커져."

"여러 사람한테 알리자는 게 아니라 카타한테만 말하자는 거예요."

아리하가 고집을 피우자 다라는 한숨을 쉬었다. 아리하는 요즘 들어 부쩍 말을 안 듣고 제멋대로 굴었다. 18세를 목전에 둔 아이들이 대부분 그렇다는 것을 다라는 물론 알고 있었다. 직장 동료들을 보아도 사춘기 아이를 둔 부모들은 끊임없이 애들과 전쟁을 치르는 모양이었다. 다라는 계급 심사를 앞둔 아이의 스트레스를 이해했다. 그러나 이해하는 것과 용납하는 것은 다른 문제다. 다라는 상추 씨 이후로 아리하가 점점 더 반항적으로 구는 것이 영 마음에 들지 않았다. 함께 식물을 키워 먹으면서 비밀을 공유한 동지가 되었다고 생각했지만 딸은 마치 엄마의 약점을 잡은 것처럼 행동하고 있었다.

그러나 아리하 입장에서 보면 다라야말로 위선적이고 이기적이었다. '씨앗을 나눠주는 사람들'의 말을 믿는다면 그들의 주장을 널리 퍼뜨려야 했다. 숨기고 감출 것이 아니라 나서서 싸워야 했다. 엄마는 늘 용기 있게 바른말을 하는 것 같지만 그건 아빠랑 다툴 때뿐이었나?

아리하는 오늘 카타를 집으로 데려가 창고 문을 활짝 열고 상추 화분을 보여줄 생각이었다. 접시 위에 푸른 상추를 올려놓고 카타가 눈을 동그랗게 뜨는 모습을 보고 싶었다. 모양 좋은 도톰한 입술을 오

물거리며 식물을 씹어 삼키는 것을 보며 같이 웃고 싶었다. 다라가 정 반대한다면 다라 모르게 하면 될 일이었다. 다라는 이번 주 내내 오후 근무니 엄마 모르게 살짝 카타를 집에 데려올 생각이었다.

하굣길 교문 앞은 아이들로 북적였다. 긴장 때문에 몸이 꼿꼿해진 아리하와 달리 카타는 느긋하게 걸었다.

교문을 나서던 아리하는 멈칫했다. 도로 건너편에 다라의 자동차가 서 있었던 것이다. 다라는 운전석 창문을 내린 채 쏟아져 나오는 아이들을 살펴보고 있었다. 아리하를 픽업하러 온 게 틀림없었다. '아, 왜!' 아리하는 짜증이 일었지만 카타가 있으니 표시 낼 수는 없었다. 어제까지도 엄마는 오후 근무였는데. 엄마의 회사 출근 스케줄을 제대로 알지 못했던 건지 무슨 특별한 일이 생긴 건지는 몰라도 아무튼 아리하의 계획은 시작부터 틀어졌다.

다라가 아리하를 발견하고 손을 내밀어 흔들었다. 아리하와 카타는 길을 건너갔다. 차라리 잘된 일인지도 몰랐다. 엄마를 속이는 것보다는 엄마 앞에서 당당하게 요구하는 것이 나을 것이다. 엄마! 엄마 말대로 식물이 정말 좋은 거라면 내 남자 친구에게도 나눠줘.

카타는 다라에게 상냥하게 인사했다.

"안녕하세요? 다라 아줌마!"

"그래, 카타. 반갑다."

"아리하가 집에 같이 가자고 했어요. 보여주고 싶은 게 있다고."

다라가 아리하를 쳐다봤지만 아리하는 시선을 피하며 대답했다.

"카타랑 같이 숙제하려고요."

"그래, 집에 가기 전에 쇼핑센터에 좀 들를 건데 괜찮지? 얼른 타라."

아리하와 카타가 뒷좌석에 나란히 앉았다. 카타가 뒷자리에 엉덩이를 쿵 내려놓자 차가 흔들렸다. 다라는 그 흔들림에도 괜히 눈치가 보여 창밖을 살폈다. 카타와 함께 있으면 신경이 곤두서는 이유가 바로 이런 것이다. 사람들의 시선이 날아와 꽂히지 않도록 늘 애를 써야 하는 것이다. 카타가 착하고 재미있는 애라는 것은 다라도 알고 있다. 아리하에게 따뜻하고 위안이 되어주는 것 같다. 그러나 카타는 위험하다. 점점 더 위험해진다.

다라는 쇼핑센터 쪽으로 차를 몰고 갔다.

"어? 치노 선생님?"

카타와 아리하가 차 안에서 뒤를 돌아봤다. 다라도 룸미러에 비친 치노의 모습을 보았다. 치노가 길을 걷고 있었다. 치노의 모습은 어디서나 눈에 띈다. 팔뚝을 드러낸 셔츠 차림에 이마에 아무렇게나 늘어진 곱슬머리. 외모에 크게 신경 쓰지 않는 사람을 보면 마음이 느긋해진다. 머리카락 한 올도 소중히 여기며 안달복달 애면글면하는 모습보다야 좋다. 별로 걱정할 일이 없는 사람을 보는 일은 덩달아 긴장이 풀어지는 일이다. 학교 밖에서 치노를 보니 어쩐지 더 멋져 보인다고 다라는 생각했다.

도착한 쇼핑센터는 생필품을 사러 늘 들르는 곳이었다. 규모가 크진 않지만 옷부터 인테리어 소품까지 취급하는 품목이 다양해서 아리하의 이웃들도 자주 이용하는 곳이었다. 낯익은 곳인데도 어쩐지 분위기가 좀 달라진 것 같다고 아리하는 느꼈다. 주차장에는 빈자리가 많았다. 다라가 주차 구획선 안에 후진으로 차를 집어넣는 동안 아리하는 그 이질감의 정체를 알아차렸다. 다라가 막 주차를 마치고 아직 시동도 끄지 않은 때였다. 카타가 뒷문을 열고 다리 하나를 밖으로 내민 순간 아리하가 소리쳤다.

"카타! 문 닫아!"

다라와 카타가 놀란 표정으로 아리하를 쳐다봤다.

"엄마! 빨리 가요! 우리 가야 돼!"

커진 아리하의 눈동자 방향을 따라 다라가 시선을 옮겼다. 아리하가 본 것을 다라도 봤다. 주차장 끝에 화이트 레스큐 둘이 서 있었다. 다라는 뒷문이 열린 채로 차를 출발시켰다. 아리하는 한 발을 밖으로 내밀고 있던 카타의 뒷덜미를 잡아채서 안으로 끌어당겼다.

그러나 그것이 오히려 레스큐의 주의를 끌었다. 들어오자마자 급하게 다시 떠나는 자동차라니. 출발하는 차바퀴의 마찰음이 지독하게 크게 들렸다.

"아, 이런!"

다라는 레스큐들이 이 차를 보고도 그냥 넘어가기를 간절히 바랐다. 어떤 차 한 대가 잊고 온 급한 일 때문에 서두르는 것으로 여겨주었으면. 눈에 띄지 않도록 조용히 기다리지 못하고 허둥거린 것이 지독히 후회됐다.

'멍청하긴. 그들은 아무것도 못 봤을 텐데.'

후회는 공포로 바뀌었다. 화이트 레스큐가 옆에 세워져 있는 모터사이클에 올라타는 모습이 보였다. 번쩍거리는 금속 사이클 두 대가 곧 다라의 차를 쫓기 시작했다.

다라의 차가 달리고 뒤따르는 모터사이클에서 경광등이 번쩍거렸다. 레스큐가 차를 세우라는 수신호를 하는 것이 룸미러로 보였다. 아리하와 카타는 완전히 몸을 돌려 뒤 창문을 바라봤다. 모두 공포에 질렸다. 아무도 왜 도망치느냐고 묻지 않았다. 입 밖으로 내지는 않았지만 차 안의 모두가 지금 카타의 상태가 위험하다는 것을 알고 있었다.

오래전부터 카타는 레스큐를 만날까 봐 시내에는 얼씬도 하지 않았다. 계측은 주로 시내 중심 도로에서 이뤄졌다. 주택가 이면도로까지 화이트 레스큐가 휘젓고 다니는 일은 잘 없었다. 이런 동네의 작은 쇼핑센터 주차장에 왜 그들이 진을 치고 있었던 것일까?

도망치던 다라는 갑자기 이건 바보짓이라는 생각이 들었다. 카타는 계측을 당해도 괜찮을 것이다. 보기에는 아슬아슬하지만 실제 BMI 지수가 입소를 당할 만큼 심각하다면 본인이 먼저 알았을 것이다. 평상시와 다름없이 일상생활을 했을 리가 없다. 대부분의 비만인들은 BMI 지수가 올라가 불안해지면 집 안에 숨었다. 그런 비만인들을 신고하라는 캠페인도 벌어지고 있었다. 학교를 무사히 다닐 정도라면 계측을 당한다 해도 입소까지는 가지 않을 것이다.

거기까지 생각이 미치자 다라는 액셀레이터에서 발을 뗐다. 자동차의 속도가 줄어드는 것을 눈치챈 아리하가 덜덜 떨리는 목소리로 말했다.

"엄마 제발 빨리 가요."

다라는 길가에 차를 세웠다.

"아리하, 괜찮을 거야. 왜냐면……."

하지만 다라는 말을 맺지 못했다. 뒷좌석 쪽으로 몸을 돌려 바라본 카타의 얼굴은 새파랗게 질려 있었다. 언제나 발그레하던 뺨이 이상한 색깔로 딱딱해져 있었다.

"카타……."

뒤따라오던 화이트 레스큐의 모터사이클이 다라의 차 바로 뒤에 끼익음을 내며 섰다. 레스큐가 다가왔고 다라는 아무렇지 않은 척하려 애쓰며 운전석의 창문을 내렸다.

"아, 저희가 급히 어딜 좀 가는 길이라서요. 제가 혹시 과속을 했나요?"

레스큐는 대답하지 않았다. 대신 뒷좌석의 문을 벌컥 열었다. 아리하가 비명을 질렀다. 레스큐는 카타를 거칠게 끌어냈다. 카타는 도로 바닥으로 굴러 떨어졌다. 아리하는 계속 비명을 지르고 다라도 급하게 운전석에서 내렸다.

"아리하! 넌 차에 있어."

카타는 사색이 되었다. 그 사이 레스큐의 흰색 앰뷸런스가 달려왔다. 거기서도 두 명의 레스큐가 더 내렸다.

이제 계측을 하겠지.

그런데 놀랍게도 그들은 아무런 설명도 없이 카타를 흰 앰뷸런스 안으로 밀어 넣었다. 카타는 발버둥 치며 저항했다. 아리하가 비명을 지르며 차 안에서 뛰쳐나왔다. 다라도 레스큐에게 항의했다.

"뭐예요? 왜 이러는 거예요? 입소예요? 그러면 정당한 절차를……."

다라가 나서자 레스큐 중 하나가 다라의 어깨를 거칠게 떠다밀었다. 그러고는 위협하듯 주먹을 치켜들었다. 다라는 소리를 지르며 얼굴을 감쌌다. 그때 아리하가 레스큐에게 온몸을 날려 부딪쳤다. 레스큐는 갑작스런 공격에 넘어졌다. 다라는 비명을 질렀고 아리하는 그 틈에 앰뷸런스에 타고 있던 카타를 잡아끌었다. 두 아이는 손을 잡고 필사적으로 도망쳤지만 10미터도 채 가지 못하고 머리채를 잡혀 끌려왔다. 다라는 아이들을 끌고 온 레스큐에게 덤벼들어 때리고 물고 찼다. 그러나 레스큐의 주먹에 배를 한 대 맞고는 '헉!' 소리를 내며 허리를 접고 웅크렸다. 그들은 우악스럽게 카타를 앰뷸런스 안으로 던져 넣었다. 거친 소리를 내며 레스큐의 차량 문이 닫히자 아리하는 차를 향해 달려들었다.

"카타! 안 돼! 카타! 카타!"

아리하는 차에 매달렸지만 소용없었다. 앰뷸런스가 출발했다. 나머지 레스큐들도 한마디 설명도 없이 굉음만 남긴 채 모터사이클을 타고 떠났다.

"아리하!"

다라는 갈라진 목소리로 딸을 부르며 쓰러진 아리하를 몸으로 덮어서 감쌌다. 어느샌가 사람들이 몰려들어 이 광경을 지켜보고 있었다.

"세상에, 말도 안 돼……."

아리하는 놀라움으로 숨이 턱 막혔다. 공포도 있고 분노도 있고 슬픔도 있지만 그것들을 압도하는 놀라움이 있었다. 이건 정말 말이 안되는 일이라는 생각이 들었다. 방금 일어난 일이 믿어지지 않았다. 카타를 데려갔어! 그 애가 무슨 잘못을 했지? 그렇게 폭력적으로 질질 끌고 가다니. 세상에!

다라는 주변 사람들의 차가운 표정에 충격을 받았다. 쓰러진 자신들에게 손을 내미는 사람은 아무도 없었다. 다들 비난의 눈길로 바라볼 뿐이었다. '가족이 끌려갔나 보군? 쯧쯧, 그건 당신들의 책임이야.'라고 그 눈들이 말하고 있었다. 낯선 여자 하나가 눈물과 먼지로 엉망이 되어 있는 그들을 스쳐지나가며 한마디 했다.

"세상에, 저 여자 좀 봐. 거울 좀 볼 것이지. 그 꼴로 밖에 나오다니

부끄러운 줄 알아야지."

다라는 그 여자에게 소리쳤다.

"닥쳐! 부끄러운 게 뭔 줄 알아? 어린애가 길바닥에서 무자비하게 끌려가는데도 보고만 있는 게 부끄러운 거라고!"

여자는 놀라서 입을 막고 가버렸다. 모여든 사람들 사이로 누군가 헐레벌떡 뛰어오는 모습이 보였다. 믿을 수 없다는 표정을 한 치노였다.

"세상에, 아리하! 이게 어떻게 된 일이야?"

아리하는 치노를 보자 품에 달려들어 눈물을 터뜨렸다.

"선생님, 카타가 끌려갔어요. 카타가 끌려갔다고요! 카타는 아무 잘못도 없는데! 왜 카타를 잡아가요? 왜요!"

치노가 당혹스런 표정으로 다라를 쳐다봤다. 다라는 절망적으로 고개를 흔들었다. 치노의 얼굴에 분노가 어렸다. 아리하의 눈물은 멈출 줄 몰랐다. 다라의 눈에도 눈물이 고였다.

🐻 🐻 🐻

집에 돌아온 다라와 아리하는 아무 말도, 아무 일도 할 수 없었다. 둘 다 저녁도 거르고 각자 잠자리에 들었다.

한밤에 어떤 소리 때문에 다라는 잠에서 깼다. 이상한 느낌 때문에 거실로 나가본 다라는 어둠 속에 가만히 서 있는 사람의 형체를 보고

'헉!' 숨을 들이켰다. 불을 켜자 아리하가 멍하니 서 있는 모습이 보였다. 아리하는 창고 문을 활짝 열고 그 안에 있는 상추 화분을 바라보고 있었다.

"아리하, 안 자고 뭐 해?"

"엄마."

"그래, 아리하, 힘들면 엄마랑 같이 잘래?"

"엄마, 나는 뚱뚱해질래."

"……뭐?"

"풍선처럼 뚱뚱해질래. 그래서 캠프에 입소할 거야. 캠프에 카타 혼자만 둘 수는 없어."

"아리하……."

다라는 가슴을 부여잡았다. 상추 화분을 노려보던 아리하는 있는 힘껏 창고 문을 닫았다. 쾅, 하는 소리가 절망처럼 울렸다.

07

카타가 입소된 뒤로 학교의 분위기는 바짝 얼어붙었다. 당장 학교
는 뭘 했느냐, 보건 교사, 상담 교사, 홈룸 교사는 대체 뭘 했느냐는
지탄이 여기저기서 쏟아졌다. 카타의 오랜 친구인 아리하에게도 비
난이 쏟아질 것은 자명했다. 캠프 입소자의 부모뿐 아니라 주변의 지
인들은 다 같이 죄인이 되어 그의 부재를 맘껏 슬퍼할 수도 없었다.

점심시간, 아리하는 받아온 식판에 손도 대지 않고 멍하니 앉아 있
었다. 카페테리아는 북적댔지만 아리하의 주변은 텅 비어 있었다. 학
교의 카페테리아는 모든 것을 한눈에 보기에 좋은 공간이다. 어떤 일
이 벌어졌을 때 그 사건이 아이들 사이에 어떤 변화를 가져왔는지 알
아보려면 점심시간의 카페테리아를 보면 된다. 모두가 아리하를 흘
끔대며 멀찌감치 돌아갔다. 한참 뒤에 아리하의 맞은편에 식판을 소
리 나게 내려놓으며 털썩 앉은 것은 주니였다.

"안 먹고 뭐 하냐?"

주니는 일부러 툴툴대며 친구를 위로하려 했다. 아리하는 손대지 않은 자신의 식판을 물끄러미 바라봤다. 뚱뚱해지겠다고 결심했지만 막상 음식이 목으로 넘어가지 않았다. 식욕이 완전히 사라졌다. 어떤 일이 생기든 사람은 여전히 먹고 마셔야 한다는 사실이 끔찍하게 느껴졌다. 먹는다, 살찐다, 굶는다, 살이 빠진다. 그런 반복 말고도 인간에게는 더 중요한 일들이 많지 않을까?

주니가 식판을 내려다보며 불평했다.

"뭐야, 먹을 만한 게 하나도 없네."

주니는 에그 스크램블을 입에 넣고 천천히 씹었다. 주니가 먹을 수 있는 음식은 몇 가지 안 된다. 먹고 토하느라 소화기관이 망가져서 이제는 유동식에 가까운 것만 먹을 수 있다. 그럼에도 여전히 주니는 먹고 토하는 일을 반복했다.

벽에 걸린 스피커가 소리를 냈다.

"전교생에게 알립니다. 식사를 마친 학생들은 즉시 강당으로 모여주시기 바랍니다. 2지구 제4학교 학생들에게 알립니다. 지금 강당으로 모여주시기 바랍니다."

아이들이 일제히 야유를 보냈다. '우우' 하는 소리와 의자 끄는 소리로 카페테리아 안이 시끌벅적해졌다. 전교생을 강당에 모으는 이유는 뻔하다. 교육이라는 이름으로 모욕과 협박과 잔소리가 이어지겠지. 주니가 어깨를 으쓱했다.

주니와 아리하가 함께 강당으로 가는 동안 다들 아리하를 쳐다보았다. 아리하가 다가가면 수군거림을 멈추고 지나가면 다시 뒤에서 수군거렸다.

아이들이 다 모이자 교장인 나냐가 마이크 앞으로 나섰다.

"여러분, 며칠 전부터 우리 친구 중 하나가 더 이상 등교하지 못하게 되었다는 것을 모두 알 것입니다. 놀란 사람도 있고 친구의 얼굴을 못 보게 되어 슬픈 사람도 있겠죠. 그러나 여러분의 친구는 새로운 삶을 살 기회를 얻은 것입니다. 캠프에 대해서 이런저런 말들이 있다는 것을 알고 있습니다. 그러나 여러분도 알다시피 인류는 탐욕, 그중에서도 식탐 때문에 많은 것을 잃었습니다. 우리들의 친구 굿펠로가 없었다면 인류는 어쩌면 이미 멸망했을지도 모릅니다. 우리는 지금의 어려움과 고난을 이겨내야 합니다. 미래를 위해서죠. 힘들지만 지금의 시기를 슬기롭게 넘긴다면 인류의 비만 유전자 자체가 변화할 것입니다. 더 이상 무분별한 식탐을 부리는 사람은 없을 것이며 아무도 비만으로 고통 받지 않을 것입니다. 우리는 적극적으로 나서서 주변의 비만인들을 구원해주어야 합니다. 미래를 위해서는 잠깐의 헤어짐의 고통은 아무것도 아닙니다."

'잠깐이 아니잖아!'

아리하는 마음속으로 부르짖었다. 잠깐이라면 얼마큼인가? 1년? 10년? 캠프 입소자들은 언제 집으로 돌아오지? 그들이 과연 돌아오기는 하는 것일까?

강당 무대에 스크린이 내려졌다. 불이 꺼지고 교육용 VCR이 상영되었다.

'안녕!' 하고 큰 목소리로 인사하는 날씬하고 예쁜 여자가 화면에 나타났다.

"제 이름은 미미예요. 치유자죠."

치유자란 캠프 퇴소자를 말한다. 퇴소자는 흔하지 않았다. 누군가 캠프에 입소되었다는 소식은 빨리 퍼졌지만 주변에 퇴소자가 있다는 이야기는 듣지 못했다. 그들은 TV와 잡지, 교육 영상 속에서만 존재했다.

영상 속에서 미미는 바로 며칠 전 캠프에서 퇴소했다고 말했다. 긴 다리를 꼬고 거실의 빨간 소파에 앉은 미미는 짧은 핫팬츠에 튜브톱을 입어 흠잡을 데 없이 완벽한 몸매가 그대로 드러났다. 긴 머리는 포니테일로 묶어 올렸다. 화장이 너무 진해서 표정이 부자연스러웠다. 미미 주변 테이블과 바닥에 여러 개의 쇼핑백들이 놓여 있었다. 미미가 그 쇼핑백들을 둘러봤다.

"아, 죄송해요. 너무 지저분하죠? 막 쇼핑을 하고 온 참이거든요."

미미는 쇼핑백 하나에 손을 넣어 안에 있는 것을 집어 올렸다. 하늘거리는 시폰 원피스였다. 미미는 그 옷을 몸 앞에 슬쩍 대보며 가식적인 수줍은 표정을 지었다.

"이거 어때요? 저한테 어울리나요? 이런 옷을 사는 건 예전에는 꿈에서도 상상하지 못했던 일이에요. 예전의 저는 정말⋯⋯."

미미는 양 손바닥으로 입을 감싸고 속삭이듯 말했다.

"뚱뚱했거든요."

아무 대답도 들리지 않지만 미미는 눈을 동그랗게 떴다.

"못 믿겠다고요? 호호호, 저도 믿을 수 없어요. 하지만 정말이에요. 치유되기 전에 제가 어땠는지 한번 보실래요?"

날씬한 미미가 사라지고 뚱뚱한 미미의 영상이 시작되었다. 체격 차이가 너무 커서 완전히 다른 사람처럼 보였다. 엄청나게 살이 찐 미미가 양손에 커다란 숟가락을 들고 마구잡이로 아이스크림을 퍼먹고 있었다. 아이스크림 앞에 쌓인 도넛도 보였다. 미미는 아이스크림을 먹는 중간중간 맨손으로 도넛도 집어먹었다. 미미가 앉아 있는 일인용 소파는 미미의 엉덩이로 꽉 차 조금의 틈도 보이지 않았다. 녹은 아이스크림이 미미의 입가에서 뚝뚝 흘러내렸다. 다른 영상이 이어졌다. 미미 앞에 커다란 생크림 케이크가 놓여 있었다. 미미는 케이크를 자르지도 않고 개처럼 얼굴을 케이크에 처박고 입으로 뭉텅뭉텅 잘라먹었다. 긴 머리카락에 생크림이 덕지덕지 엉겨 붙었다.

'으웩!' 하고 아리하의 뒤에 앉은 사라가 토하는 소리를 냈다.

커다란 케이크를 눈 깜짝할 사이에 다 먹어치운 미미의 얼굴은 생크림과 빵 부스러기로 엉망진창이었다. 그래도 성에 차지 않았는지 미미는 케이크가 놓여 있던 판을 들어 혀로 핥고 있었다. 강당 여기 저기서 야유와 욕하는 소리가 들렸다.

아리하도 토할 것처럼 속이 메슥거렸다. 기름으로 번들거리는 미미의 얼굴과 생크림 범벅이 된 미미의 양손 때문이 아니었다. 저런 영상을 찍었다는 사실 자체가 불쾌했다. 저건 뚱뚱한 사람은 탐욕스럽고 더럽고 추하다는 이미지를 주기 위해 만든 영상일 뿐이다.

카타는 우아하게 먹었다. 군것질을 좋아하고 많이 먹고 자주 먹었지만 저런 식으로 미친 듯이 먹지 않았다. 음식을 먹을 때 카타는 눈썹을 살짝 올리고 기분 좋은 미소를 지었다. 좋아하는 것을 즐길 때의 행복하고 나른한 표정이었다. 천천히 씹으며 '으음' 하는 소리를 내기도 했다. 만족을 느끼는 소리. 카타와 같이 무언가를 먹으면 먹는 일이 더 즐거웠다. 카타는 맛에 대한 표현도 잘했다. 젤리를 먹으면서 '나는 젤리가 입속에서 탱글탱글 요리조리 도망 다니는 느낌이 좋아' 라고 말했다. 그러면 아리하도 입속에서 도망 다니는 젤리를 혀로 잡아서 이 사이에 넣고 깨물며 즐기곤 했다.

카타를 떠올리자 가슴에 통증이 일었다. 강당의 아이들 사이에서 왁자한 웃음이 터졌다. 케이크 위로 거의 엎어진 자세였던 미미가 엉덩이를 의자에 쿵 내려놓는 순간 의자 다리가 부러져버린 것이다. 미미는 그대로 바닥에 나뒹굴었고 아이들은 박장대소를 하며 옆에 앉은 친구의 팔을 손바닥으로 쳐댔다. 아리하 옆의 주니가 낮은 목소리로 욕을 했다. 아리하는 분노로 다리가 덜덜 떨렸다. 왜 넘어진 미미를 아무도 일으켜주지 않는 거지? 왜 아무도 도와주지 않아? 뚱뚱하기 때문에?

영상에 '3년 후'라는 자막이 떴다. 스키니 진을 입은 날씬한 미미가 정원에 물을 뿌리고 있었다. 민소매 상의 밖으로 어깨뼈가 둥글게 드러났다. 날렵하게 올라붙은 엉덩이, 가느다란 발목의 복숭아뼈도 눈에 띄었다. 영상을 찍고 있는 사람이 말을 건 듯 여자는 화면을 향해 손을 흔들었다. 곧 물이 나오는 호스를 장난스럽게 카메라에 대고 뿌렸다. 화면이 뿌옇게 되며 깔깔거리는 웃음소리만 들렸다.

장면이 바뀌며 처음에 보였던 그 거실이 다시 화면에 나타났다.

"짠!"

여자가 활짝 웃었다.

"맞아요, 저예요. 저 미미가 바로 저라고요."

미미는 뭐가 우스운지 한참이나 웃어댔다.

"아무도 믿지 않더라고요. 제가 바로 그 미미라는 걸요. 예전의 저는 출렁이는 뱃살과 집채만 한 엉덩이를 끌고 다녔죠. 바닥에 뭘 떨어뜨리면 혼자 힘으로 줍지도 못했어요. 세상에! 저는 서 있으면 제 발도 제대로 안 보였다니까요."

미미는 캠프가 자신을 바꾸었다고 말했다.

"저는 지금 정말 행복해요. 캠프가 저를 구원해주었어요. 처음 캠프에 입소하게 되었을 땐 정말 슬펐어요. 어쩌면 영영 밖으로 못 나오게 될 수도 있다고 생각했거든요. 하지만 이렇게 달라진 모습으로 다시 돌아오고 나니 얼마나 행복한지 몰라요. 캠프 입소를 두려워하지 마세요. 누구든 할 수 있어요. 저도 했잖아요."

미미는 완벽한 포즈와 표정으로 웃어 보였다. 아리하는 온몸에 벌레가 스멀스멀 기어가는 느낌에 몸서리를 쳤다.

🐻 🐻 🐻

그날 오후에는 학부모 간담회도 열렸다. 물론 카타의 일 때문이었다. 교장인 나냐가 직접 주재했고 교사들도 일부 참여했다. 치노도 끼어 있었다.

"카타 어머니는 건강 문제가 있어서 참석하지 못했습니다."

굳은 얼굴로 나냐가 말했다.

다른 학부모들도 심각한 표정이었다. 그들은 서로 인사를 나누면서도 다라와 눈이 마주치면 더 엄격하게 표정을 굳혔다. 카타의 엄마가 참석하지 못했으니 대신 비난받을 사람이 필요했고 그게 바로 '다라'라고 암묵적으로 결정한 듯했다. 카타는 아리하와 '친구'니까. 아리하에게 그리고 아리하의 엄마인 다라에게도 책임이 있다는 듯, 자신들은 카타라는 아이를 알지도 못했다는 식이었다.

"아리하는 괜찮아요?"

얼굴 가득 걱정과 동정의 표정을 담고 붉은 머리 여자가 물었다. 같은 반 마사의 엄마다.

"네, 좀 충격 받았지만 괜찮아요. 마사는 괜찮은가요?"

"어머, 우리 마사가 왜요? 카타랑 친하지도 않았는데. 그냥 같은 반 아이일 뿐이었어요."

"그래도 친한 편이었잖아요? 전에 수련회 때도······."

"아니에요."

붉은 머리 여자가 휙 돌아서 가버렸다. 그러고는 다라와 최대한 멀리 떨어진 곳에 앉았다.

나냐가 학부모들에게 상황 설명을 했다. 설명이라기보다는 좀 더 아이들에게 신경을 써달라는 당부였다. 카타와 같은 일이 또 생기면 계급 심사를 앞둔 아이들에게 큰 심리적 충격이 올 것이라고 말했다. 카타의 일을 심기일전하는 계기로 삼자고도 말했다.

다라는 가슴이 답답했다. 무슨 말이라도 하고 싶었다. 적어도 이런 식으로 카타를 능멸해서는 안 된다고 생각했다.

"모든 것을 카타의 탓으로 돌리는 건 옳지 않다고 생각해요."

다라가 조심스럽게 말했다. 모두 다라를 쳐다봤다. 그중에서도 나냐의 차가운 눈길은 보는 사람을 얼려버릴 것 같았다.

"누가 모든 것을 카타의 탓으로 돌리고 있나요, 다라?"

나냐가 물었다.

"우리가요. 우리 모두가 그러고 있지 않나요? 카타는 그냥…… 아이예요. 다들 아시잖아요. 착하고 다정하고 열심히 자라고 있는 아이라고요. 그래요. 살이 좀 찌긴 했지만 그게 그렇게…… 아직 아이니까 교정의 기회가 얼마든지 있지 않나요?"

학부모들은 조용했다. 나냐가 자리에서 천천히 일어섰다. 나냐는 하이힐 소리를 또각또각 내며 다라 앞으로 와서 섰다. S계급의 키 큰 여인, 그림에서 튀어나온 것 같은 완벽한 여자가 다라 앞에 위협적으로 바짝 다가왔다.

"다라, 당신이 말하는 그 교정의 기회를 위해서 데려간 거예요. 당국에서 교정을 도와주지 않으면 누가 해주죠? 당신이 해줄 건가요?"

다라는 대답하지 않았다.

"카타와 함께 자주 저녁을 먹었죠, 다라? 카타는 일주일에 한두 번씩은 꼭 아리하와 함께 저녁을 먹는다고 했다더군요."

역시 아무 말도 할 수 없었다.

나냐는 자기 자리로 돌아갔다. 뻔한 당부의 말이 이어졌다. 계급 심사가 얼마 남지 않았으니 아이들이 심적으로 동요하여 페이스를 잃지 않도록 조심해달라는 훈계와 함께 간담회가 끝났다.

다라는 사람들이 흘끔거리는 것을 그대로 느끼며 모두들 흩어질 때까지 기다렸다. 간담회 방이 비자 지칠 대로 지친 다라는 휘청이며 일어섰다. 다라를 기다린 듯 문가에 서 있던 치노가 다가왔다.

"아, 치노 선생님."

"다라, 몸은 좀 괜찮으세요?"

"전 괜찮아요. 아리하가 걱정이죠."

"아리하는 괜찮을 거예요. 지금은 충격이겠지만 아리하는 마음이 튼튼하니까요. 그리고…….'

치노는 주변을 살짝 둘러봤다. 목소리가 낮아졌다.

"카타도 괜찮을 거고요."

"네? 그게 무슨 말씀이세요? 카타하고 연락이 돼요?"

"아, 그건 아니에요. 부모님하고도 연락이 안 되는데 제가 어떻게 연락을 하겠어요. 그냥 그럴 거라고, 너무 걱정 마시라고 말씀드리고 싶어서요. 카타 어머니께도 그렇게 말씀드리고 싶어요. 지금 카타네 집에 가볼 생각이에요."

"조아나한테 간다고요? 그럼 저도 같이 가요."

치노가 미소 지었다.

"그러실 줄 알았어요."

❄ ❄ ❄

조아나는 문을 열어주지 않았다. 치노와 다라가 돌아가며 문을 두들기고 불러봤지만 조아나는 그냥 돌아가라고 소리칠 뿐이었다. 조아나는 우울증을 앓고 있었다. 오래된 우울증 때문에 카타를 돌보는 일도 힘겨워했다. 어릴 때부터 아리하와 카타는 단짝이었기 때문에 다라는 카타를 거의 아들처럼 돌봐왔다. 유치원이 끝난 뒤에 오후 내내 아리하와 함께 놀게 하고 저녁을 먹이고 어두워져서야 집에 데려다주는 날들이 이어져도 조아나는 고맙다는 말 한번 한 적이 없었다. 몇 번인가 주변의 권고 때문에 병원 치료를 받기도 했다고 들었지만 조아나의 우울증은 나아졌다 악화됐다를 반복하며 주변 사람을 지치게 했다. 가장 지친 것은 아무래도 카타였을 것이다. 카타는 엄마와 단둘이 살았으니까. 가여운 카타. 그래도 언제나 밝았는데.

굳게 닫힌 카타의 집 문 앞에서 다라는 가슴에 돌덩이가 얹힌 듯 답답했다.

08

그들이 찾아온 것은 다라가 출근해 채 재킷도 벗어놓기 전이었다. 책상 서랍에 핸드백을 넣어두고 재킷을 벗으려는데 동료인 리가 걱정스런 표정으로 다가왔다.

"다라, 누가 찾아왔는데."

"누가?"

"그게…… 경찰 쪽인 것 같아."

"경찰?"

"그냥 잠깐 얘기 좀 하고 싶대. 나도 들어오는 길에 마주쳤어. 시끄럽게 하고 싶지 않으니까 밖에서 잠깐 만났으면 한다고. 아니면 사무실로 들어오겠대."

경찰이 찾아오다니! 상추 때문일까? 설마 들킨 걸까?

카타의 입소 이후로 아리하는 다라에게 아직 서먹하게 굴었다. 카타의 입소가 다라의 탓도 아니고 아리하도 엄마를 원망하진 않았지만 다라는 그 상추가 마음에 걸렸다. '카타에게도 나눠주면 안 돼?' 하던 아리하. 우리끼리의 비밀이라고 거절했던 다라.

그들이 기다리고 있다는 1층 로비로 향하던 다라는 문득 멈춰 섰다. 카타! 설마 카타가? 아리하가 상추 이야기를 카타에게 한 건 아닐까? 카타가 입소되던 날, 아리하는 상추를 주려고 카타를 집으로 데려오려 한 거였나? 캠프에 입소한 카타가 레스큐들에게 그 이야기를 했을까? 그래서 경찰이…….

다라는 마음이 쿵쾅거렸다. 어쩌지? 창고 안에 들어 있는 상추 화분. 아리하는 지금 학교에 있고 집은 비었다. 다라는 주먹을 꽉 움켜쥐었다. 거기 상추가 있다는 것은 아무도 모른다. 하지만 그들이 집을 뒤져볼 수도 있다. 어쨌든 다라를 의심하고 있으니 찾아온 것일 테다. 지금 당장 화분을 치워야 했다. 하지만 어떻게?

지금 이 순간에 누구를 믿을 수 있을지 다라는 초조하게 머리를 굴렸다. 조아나는 믿을 수 없다. 동료인 리는? 친하지만 직장 동료일 뿐이다. 치노는 어떨까? 치노는 확실히 믿을 수 있는 사람일까? 다라는 창에게 생각이 닿았다. 창은 이 일을 알게 되면 펄쩍 뛸 것이다. 다라에게 비난을 퍼부을 것이다. 그러나 창은 아리하의 아빠다. 설마 아리하를 위험에 빠뜨리지는 않을 것이다. 다라는 별거 중인 남편 창에게 급히 전화를 걸었다.

건물 로비 카페에서 차라도 한잔할 줄 알았던 그들은 다라를 차에 태웠다. 찾아 온 사람들은 레스큐도 아니었고 정복 경찰도 아니었다. 말쑥하게 수트를 차려입은 보안국 직원들이었다.

"뭐죠? 어딜 가는 거예요?"

"몇 가지 여쭤보고 싶은 것이 있습니다."

"여기서 물어보면 되잖아요. 지금 근무시간이라고요."

"오래 걸리지 않습니다."

다라가 끌려간 곳은 어딘지 알 수 없는 이상하고 낯선 공간이었다. 창문도 없이 사방이 흰 벽뿐인 넓은 공간이었다. 방 가운데 철제로 된 책상과 의자 하나만 있었다. 그 공간에 혼자 앉아서 무엇이 닥쳐올지 모르는 채로 다라는 공포에 떨며 기다렸다. 상추를 물어볼 거야. 우리 집에서 상추를 찾아냈을 거야. 어쩌면 창이 신고해버렸는지도 모르지. 그 사람은 그러고도 남을 거야.

다라는 모든 것을 말하기로 결심했다. 구두를 사러 갔다 오는 길에 누군가 가방에 씨앗을 넣어두었다고. 순전히 호기심 때문에 싹을 틔워보았다고. 씨앗을 준 것이 누군지는 절대로 모른다고. 이것은 완벽히 사실이기 때문에 거짓말 탐지기를 쓴다고 해도 통과할 자신이 있었다. 먹었냐고 물어보면 어떻게 하지? 절대 먹지 않았다고 해야 할까? 먹었지만 맛이 나빴다고 할까? 식물을 키우는 것과 식물을 먹는 것 중 어떤 것이 더 엄한 처벌을 받게 될지 알 수 없어 다라는 초조했다.

그러나 오랜 시간을 기다려 마주 앉은 그들이 추궁한 것은 상추가 아니었다. 그들은 카타의 행방을 물었다.

"카타요?"

손가락 끝에 여러 개의 전극을 달고 다라는 얼떨떨한 표정으로 되물었다.

그들은 그날의 일을 자세히 물었다. 레스큐 검문에서 왜 도망쳤는 지. 도망치지 않았다고 항변했다. 왜 저항했는지. 저항하지 않았고 오히려 폭행을 당했다고 말했다. 그 후에 카타를 본 적이 있는지, 카타 나 그와 관련된 사람들의 연락을 받은 적 있는지, 뭐라도 카타에 관련된 이야기를 들은 것은 없는지 그들은 집요하게 몇 번이고 질문을 바꿔가며 물었다. 다라는 잘 대응했다. 정말 아무것도 모르니 모른다 고 대답하기가 쉬웠다. 조금이라도 뭘 알고 있었다면 다라는 어쩌면 심문을 견디기 어려웠을 것이다. 하지만 다라는 끝까지 지치지 않고 고개를 흔들 수 있었다.

지겨운 문답 끝에 지친 다라는 다시 차에 실려 회사로 돌아왔다. 하지만 손이 덜덜 떨려 일을 할 수가 없었다. 다라는 몸이 안 좋다고 말하고 조퇴했다.

집에서라도 밀린 일을 하려고 다라는 미미라는 여자의 프로필 사진을 핸드백에 챙겨 넣었다. 이 여자는 가장 최근의 치유자여서 뷰티나 푸드 회사들이 관심을 가지고 있었다. 푸드 팩토리는 미미를 새로 출시할 쿠키의 모델로 발탁한 참이었다.

집으로 향하는 다라는 머리가 무거웠다. 대체 이게 다 뭐란 말인가? 그들은 왜 카타의 행방을 물을까? 카타는 캠프에 입소한 것이 아니었나? 카타에게 대체 무슨 일이 생긴 것일까?

🐻 🐻 🐻

아리하는 음식을 거부했다가 또 어느 때에는 마구잡이로 먹어댔다. 거식과 폭식이 반복됐다. 파인 시티 시민들 대부분은 식이장애 증상이 있었다. 먹는 일에 신경을 곤두세우고 체중 때문에 과한 다이어트를 반복하다 보니 자연스럽게 식이장애가 왔다. 먹고 토하는 사람도 흔했다.

주말에 아리하를 만난 창은 딸의 모습을 보고 깜짝 놀랐다. 아리하는 시들어가듯 핏기 없고 꺼칠한 모습으로 전과 다르게 눈앞의 음식을 마구 퍼먹어댔던 것이다. 세트메뉴 하나를 다 먹고서도 또 디저트를 주문하는 딸을 보고 창은 입을 딱 벌렸다.

"더 먹는다고?"

창이 놀라서 묻자 아리하는 못 들은 척 외면했다가 디저트가 나오자 또 공격적으로 먹어댔다. 창은 그 모습을 불안하게 바라봤다.

며칠 전 아내가 난데없이 전화를 했다. 당장 집으로 가서 창고의 화분을 치워달라고 부탁했을 때, 창은 드디어 다라가 사고를 쳤구나 싶어 앞이 캄캄해졌다. 다라는 늘 그런 식으로 엇나갔다. 당국의 정책에 불평불만이 많았고 시키는 대로 하는 법 없이 따지고 들었다. 남들 앞에서 찌푸린 모습을 보이는 것에 거리낌이 없었고 아름다워 보이기 위한 어떤 노력도 하지 않는 것 같았다.

아리하는 자기 엄마를 그대로 빼닮았다. 별거를 결정했을 때 자신이 억지로라도 아리하를 데려오지 못한 것이 뼈에 사무치게 후회가 되었다. 아리하가 엄마를 선택했다고 해도 어떤 수를 쓰더라도 양육권을 가져왔어야 하는데. 그러면 내년에 있을 계급 심사에서 아리하는 적어도 A, 잘하면 S를 받을 수도 있을 텐데. 이대로 두었다간 A를 놓칠 수도 있었다. 아리하는 체중은 늘지 않았어도 부종이 있어 보였고 피부가 꺼칠해졌다. 제대로 관리하지 않으면 머릿결도 푸석해질 테고 방치하면 손톱 발톱까지 윤기를 잃어버릴 것이다. 인간의 외모라는 것은 거짓말을 하지 않는다. 가꾸면 가꾸는 대로 빛을 낸다. 하지만 타고난 미모라고 해도 방치해두면 금세 물을 주지 않은 꽃처럼 시들어버린다는 것이 창의 지론이었다.

물을 주지 않은 꽃, 물을 주지 않은 식물, 물을 주지 않은 상추…….
창은 식물학자다. 식물학자로서 창은 상추를 알고 있었다. 대부분의 식물에는 독성이 있고 상추도 예외는 아니다. 상추의 줄기 끝부분을 자르면 불투명한 흰 즙이 나오는데 이것이 '락투카리움'이라는 식물 독성이다. 락투카리움은 최면, 진통, 진정 등에 쓰이는 약물 성분이다. 토끼 같은 동물이 상추를 날것으로 먹으면 병에 걸릴 수 있다. 그러나 인간은 토끼가 아니다. 상추에 들어 있는 정도의 독성은 인간의 체내에서는 거의 문제를 일으키지 않는다. 문제라고 해봤자 약간 졸린 정도다. 상추의 독성이 사람을 차분하게 진정시켜서 졸음이 오게 하는 것이다. 독성이라기보다는 오히려 긍정적인 영양분이라고 볼 수 있다. 그 외에도 상추는 비타민과 무기질, 섬유질 등 인간의 건강에 도움이 되는 성분들을 많이 가지고 있다. 칼로리도 낮아서 비만 예방에도 도움이 된다. 상추를 비롯한 여타의 식물들, 잎과 줄기와 뿌리들은 대체로 인간이 먹어도 된다는 것이 식물학자로서 창의 생각이었다.

그러나 창은 누구에게도 자신의 이런 생각을 드러내지 않았다. 인간에게 무엇이 좋은지 나쁜지를 결정하는 것은 자신의 일이 아니다. 식물을 먹는 것은 금지되었고 재배는 불법이다. 이미 그렇게 결정되었다. 그것을 굳이 자신이 나서서 바꿔야 할 절박한 필요가 있나? 파인 시티 전체의 사람들과 다 싸우면서? 굿펠로에 반기를 들면서?

창은 '씨앗을 나눠주는 사람들' 이야기를 들었다. 시내에서 그들의 대자보를 본 적도 있다. 그들은 대체 어쩌자는 것인가? 식물을 먹고 부엌을 만들어서 궁극적으로 무엇을 하자는 것일까? 예전처럼 절제 없이 먹고, 먹을 것 때문에 환경을 마구 파괴하면서 결국은 파멸을 맞자는 이야기일까?

사실 창은 세상이 어떻게 되든 상관이 없었다. 자신의 가족이 안온하면 되었고 아리하가 높은 계급을 부여받아 안락하고 선망 받는 삶을 살기를 바랐다. 하지만 아리하를 아내에게 맡긴 후 일이 이렇게까지 망가졌다. 어릴 때부터 그렇게 떼놓으려고 애썼던 아리하의 남자 친구가 결국 캠프에 입소했다. 엄마라는 사람이 집에서 상추를 길러 애한테 먹였다. 설마 다라가 씨앗을 나눠주는 사람들과 무슨 연관이 있는 것은 아니겠지.

아리하가 위험해졌다는 생각에 창은 화가 치밀어 올랐다.

저녁 식사 후 창은 아리하를 집에 데려다주었다. 다라가 문 밖에서 기다리고 있었다. 아리하가 창을 가볍게 포옹했다.

"잘 가요, 아빠."

"그래, 아리하. 다음 주말에 보자."

아리하가 집으로 들어가고 다라는 창에게 눈짓으로만 인사하고 아리하를 따라 들어가려 했다. 창이 그런 다라를 잡아 세웠다.

"얘기 좀 해."

"그……."

다라가 주변을 살펴보고 작은 소리로 말했다.

"화분 이야기라면 고마워. 깨끗하게 치웠더라."

"다라, 경고하는데 당장 그만둬."

"뭘?"

"뭐든! 뭐든 하지 마. 당신이 하는 게 뭔지는 모르겠지만 아무것도
하지 마. 그냥 가만히 있어. 그렇지 않으면……."

"않으면?"

"아리하를 데려갈 수밖에 없어."

다라는 기가 막혔다.

"하! 아리하를 데려간다고? 어떻게?"

"내가 못할 것 같아? 당신이 나한테 전화를 했지. 그 망할……."

창도 주변을 재빨리 둘러보고는 목소리를 낮춰 으르렁댔다.

"그 망할 화분을 치워달라고 말이야. 당연하다는 듯 내게 요구했
지. 나까지 그 일에 끌어들였어. 하지만 그 덕분에 내겐 증거가 생겼
지. 당신이 아이를 위험에 빠뜨리고 있다는 증거. 당국에 그 증거를
내밀면……."

다라의 얼굴에서 핏기가 가셨다.

"신고하겠다는 거야? 협박이야?"

"당신이 계속 이런 식이면 어쩔 수 없다는 말이야. 이렇게 위험한
상태로 애를 계속 돌보게 할 수는 없잖아."

"식물을 먹고 아리하에겐 아무 일도 없었어. 오히려 소화기가 좋아

졌다고."

"좋아졌고 말고가 중요한 게 아니야. 중요한 건 당신의 태도야. 그냥 다른 사람들처럼 조용히 살 순 없어? 이것저것 따지고 묻고 의심하지 말고. 당신의 그런 태도 때문에 다른 사람이 힘들 건 생각 안 해?"

"당신이 힘든 건 당신의 그 비겁한 태도 때문이야."

"나는 규칙과 규범을 지키는 거야. 어른이면 제발 어른답게 굴어."

"어른 같은 소리 하네. 당신은 그냥 누가 한 대 때리면 기절한 척하는 머저리일 뿐이야."

둘은 서로 잡아먹을 듯이 노려보았다. 그들의 다툼은 늘 이런 식이었다. 다라는 모든 일에 질문하고 납득할 때까지 답을 구하는 사람이지만 창은 정해진 답이 있으면 이견 없이 그 답을 지키려는 사람이었다. 창은 이미 만들어진 길을 벗어나지 않았고 주변에 길을 벗어나는 사람이 있으면 공포를 느꼈다. 창만 그런 것이 아니었다. 파인 시티 시민들 대부분을 움직이는 힘은 사실은 공포였다. 그러니 다라와 아리하가 무언가에 맞선다면, 맞서기로 결심한다면 그것은 시티 전체에 드리워진 어마어마한 공포 그 전부와 싸워야 한다는 뜻이었다.

09

아리하가 도시오와 한판 붙은 것은 사진 때문이었다. 도시오가 교실 뒷벽에 걸린 학급 단체 사진을 떼어냈던 것이다.

"이제 우리 반 애도 아니잖아, 그렇지?"

도시오가 동의를 구하듯 반 아이들을 둘러봤다. 도시오는 쏘아보는 아리하의 시선을 피했다. 사진에 카타가 들어 있다는 것이 도시오가 교실에서 단체 사진을 떼낸 이유였다. 사진에서 카타는 맨 뒷줄에 서 있었다. 앞에 선 아이들에게 몸이 다 가려져 동그란 얼굴만 겨우 보였다. 이것이 카타의 가장 최근 사진이었다. 아니, 최근 사진일 뿐만 아니라 어쩌면 유일한 사진이었다. 십 대를 지나는 동안 카타가 사진을 찍는 순간은 단체 사진을 찍을 때뿐인 듯했다.

어릴 때는 카타도 사진 찍는 것을 좋아했다. 통통한 배를 내밀고 발그레한 뺨을 봉긋 올리며 활짝 웃는 사진을 찍었다.

그러나 한 해 두 해 지날수록 카타는 점점 카메라 앞에 서는 것을 두려워하게 되었다. 남들보다 공간을 많이 차지하는, 앞에 서면 뒷사람이 보이지 않는, 옆으로 서든 앉든 눕든, 어떻게 해도 뚱뚱해 보이는 몸을 대면하는 것이 힘들어서였을까? 사진 찍히기 꺼려하는 마음을 아리하는 충분히 이해했다. 아리하도 메이크업을 못 했거나 헤어스타일이 세팅되어 있지 않거나 조금이라도 군살이 붙었을 때는 한사코 카메라를 피했다. 다른 누구의 시선 때문이 아니었다. 자기 눈으로 직접 예쁘지 않은 자신을 확인하는 일이 공포스럽기 때문이었다.

아리하도 카타의 최근 사진은 가지고 있는 것이 없었다. 부드러운 미소를 짓는 카타. 남아 있는 카타의 사진이 단체 사진뿐이라니.

아리하는 뚜벅뚜벅 걸어가서 도시오가 들고 있는 사진을 잡아챘다. 그리고 자리로 돌아와 사진을 책상 서랍 안에 넣었다. 아이들이 조용했다. 도시오는 당황한 표정이었다.

"아리하, 왜 그래?"

아리하는 대답 대신 도시오에게 차가운 눈빛을 날렸다.

"난 그냥 이 사진이 계속 남아 있는 게 좋지 않을 것 같아서 그래. 우리 반 이미지도 그렇고 너한테도 별로……."

"나한테 뭐?"

"빨리 잊는 게 좋지 않겠냐는 거지."

"뭘?"

"이러지 마. 아리하. 무슨 이야기하는지 잘 알잖아."

"잘난 체 좀 그만해, 도시오. 내가 누굴 잊고 말고는 내가 결정해. 제발 다 안다는 듯이 나서지 마."

아리하는 도시오를 쳐다보지도 않고 냉정하게 말했다.

도시오는 얼굴이 벌게졌다. 도시오는 몇 번이나 아리하에게 관심을 표현해왔다. 그러나 '네가 좋아'나 '너의 이런 점이 마음에 들어'라는 말은 하지 않았다. 도시오는 '네게 어울리는 남자는 나뿐'이라고 말했다. 넌 나랑 같은 계급이 될 것이고 같은 계급끼리 어울리고 사귀는 게 당연하다는 식이었다.

하지만 아리하는 도시오가 싫었다. 말투부터 걸음걸이까지 다 싫었다. 도시오는 거드름을 피우며 느릿느릿 걸었다. 도시오는 누구나 인정하는 A계급 재목이었는데 늘 누가 자신을 보고 있지는 않은지 주변을 의식했다. 표정과 몸짓으로 이렇게 말하는 듯했다.

'헤이, 지금 나를 보고 있는 거 맞지?'

'이봐! 내가 얼마나 멋진지 한번 봐. 보고 싶으면 얼마든지 보라고.'

도시오 쪽에서 먼저 자꾸만 주변을 의식하며 둘러보기 때문에 다른 사람과 눈이 마주치게 되는 일이 잦았다. 그런데도 도시오는 힐끗 보는 눈길이라도 느껴지면 '이것 보라고, 역시 나를 보고 있었어. 이놈의 인기란!' 하는 식으로 이야기가 흘러갔다. 아리하는 그게 너무 짜증 나서 도시오가 주변에 있으면 절대 눈길을 주지 않으려고 애를 쓰곤 했다. 하지만 자신이 그런 노력을 해야 하는 것 자체가 짜증났다.

카타는 걸을 때 주변을 두리번거리는 일이 없었다. 늘 씩씩하게 걸었다. '아리하!' 부르며 함박웃음을 지으며 팔을 벌리고 달려왔다. 나란히 걸을 때는 옆 사람의 말에 집중하고 고개를 끄덕이며 열심히 들어주었다.

그리운 카타.

며칠 전엔 학교에 수상한 남자들이 찾아와 교사들을 면담했다. 당연히 카타 때문이었는데 교사들은 혹시라도 책임추궁을 당할까 봐 벌벌 떨었다고 한다. 별일 없이 무사히 지나간 것은 교장인 나냐가 시민위원회 중앙위원이기 때문일 것이다.

이후로 학교는 카타의 흔적을 싹 지웠다. 아예 카타라는 이름의 학생이 존재했던 적도 없다는 듯 카타의 사물함이 사라졌고 카타 자리의 책상과 의자도 같이 치워졌다. 교사들도 아이들도 더 이상 카타를 거론하지 않았다. 이젠 도시오 같은 아이들이 나서서 카타의 얼굴이 손톱만 하게 찍힌 사진마저 치워버리는 것이다.

아리하는 카타가 찍혀 있는 학급 사진을 집으로 가져갔다. 사진틀에서 떼어내어 자신의 앨범 안에 소중히 넣어두었다.

집에서 미미의 사진을 본 것은 가위를 찾느라 엄마의 책상 서랍을 열었을 때였다. 새로운 치유자라는 설명이 달린 신문기사와 함께 미미의 사진이 여러 장 있었다. 푸드 팩토리에서 일하는 다라는 제품의 지면 광고 담당이어서 광고 모델들과 접촉하곤 했다. 캠프 퇴소자들은 광고를 찍고 TV 연예 프로그램이나 메이크 오버쇼 등에 출연하여 인기를 얻었다. 미미가 식품회사의 새 광고모델 물망에 오른 것이 확실했다.

'캠프 퇴소자!'

어떤 생각이 아리하의 머리를 스쳤다.

파인 시티 시민들이 캠프 입소를 두려워하는 이유는 그곳에 대해 알려진 것이 거의 없어서다. 당국에서는 주문처럼 '돌봐주고 치유해 준다'는 말만 반복할 뿐 그곳의 생활이 어떤지는 아무것도 알려주지 않았다. 캠프의 정확한 위치조차 알려지지 않았다. 입소자의 가족들은 시의회 사무소 앞과 레스큐 본부 앞에서 시위를 하고 다른 한편으로는 캠프 퇴소자와 접촉하기 위해 애썼다. 하지만 퇴소자들은 당국으로부터 보호받고 감시받았다. 잡지에 나오고 TV에 출연하는 것 외에 일반인들과의 접촉은 없었다.

어딜 가면 그들을 볼 수 있는 걸까? 아리하는 침을 꿀꺽 삼켰다.

'미미를 만나야 해.'

아리하는 떨리는 마음으로 카타의 입소 날짜와 미미의 퇴소 날짜를 따져보았다. 정확하게 하루가 겹쳤다. 카타가 입소하고 하루 뒤 미미가 퇴소했다. 미미는 카타를 보았을까? 설마 신입 입소자 환영회 같은 것이 열리지는 않았겠지만. 미미는 카타를 봤을지 모른다. 어쩌면 아직도 그 캠프와 연락이 닿을지 모른다. 그곳에서 친해진 사람들과 연락을 주고받을지도 모르지. 그러면 카타와도 연락을 할 수 있지 않을까?

아리하는 신문에 실린 미미의 사진을 뚫어질 듯 바라보고 기사를 몇 번이나 읽어봤다. 당연히 미미의 연락처 따위는 없었다. 미미를 찾을 수 있는 약간의 단서조차 없었다.

아리하는 신문사에 전화를 걸었다. 목소리를 가다듬었다.

"안녕하세요? 저는 푸드 팩토리 홍보 팀장 카미아입니다. 치유자 미미의 인터뷰 기사 보고 전화 드려요. 저희 회사 신제품 모델 캐스팅 때문에 연락처를 좀 알고 싶은데요."

"미미의 에이전시 전화번호를 드릴게요."

우라질! 에이전시가 있어?

아리하는 받아 적은 전화번호로 다시 전화를 걸었다.

"푸드 팩토리 담당자 카미아인데요. 미미의 광고 모델 건으로 전화 드렸어요."

"카미아 씨라고요?"

"네."

아리하는 가슴이 졸아드는 듯했다.

"다라 씨가 아니고요?"

"네?"

"푸드 팩토리 모델 건은 이미 계약이 된 걸로 아는데요. 담당자는 다라 씨고요. 촬영 날짜가…… 다음 주로 정해졌네요?"

"아…… 네, 네네! 그렇죠. 제가 잠시 헷갈렸네요."

미미는 이미 엄마 회사의 신제품 모델로 계약이 되어 있었던 것이다. 이런 행운이 있나! 엄마는 분명히 미미의 연락처를 가지고 있을 터였다. 신기루처럼 존재하던 '치유자'와 한 뼘 가까워졌다는 생각에 아리하는 묘한 흥분과 기대에 휩싸였다.

다라가 샤워하는 틈을 타서 아리하는 다라의 책상을 뒤졌다. 책상에 쌓여 있는 서류들을 살폈지만 미미의 이름으로 된 계약서는 찾을 수 없었다. 회사에 출근할 때 늘 들고 다니는 다라의 숄더백을 살펴봤다. 가방 안에는 화장품들을 넣은 파우치뿐이었다. 남은 것은 컴퓨터. 초기 화면부터 비밀번호가 걸려 있었다. 비밀번호…… 샤워기 물줄기 소리를 들으며 초초함에 손톱을 깨물던 아리하는 자신의 생일을 넣어보았다. 단번에 잠금이 풀렸다.

"엄마 고마워. 사랑해."

아리하가 중얼거렸다.

컴퓨터 바탕화면에 계약서 폴더가 있었다. 가장 최근의 문서를 클릭하니 미미의 계약서가 나타났다. 이런저런 세세한 계약조건은 볼 것도 없었다. 필요한 것은 주소와 연락처. 계약서 제일 마지막 장에 바로 그것이 쓰여 있었다.

미미의 집은 도심지의 신축건물에 있었다. 가정집이 있을 거라고 는 생각되지 않는 곳이었다. 오래 살 집이라기보다는 임시 거처라고 할 만한 분위기였다.

아리하는 엄마의 옷장에서 가장 답답해 보이는 옷을 입고 화장과 헤어스타일을 바꾸어 십 년 정도 나이 들어 보이게 꾸몄다. 학교 연극을 했던 경험이 도움이 되었다. 미미가 과연 자신을 푸드 팩토리 직원으로 믿어줄까 걱정되었지만 미미는 순진무구한 표정으로 문을 열어주었다. 아리하는 위조한 명함을 내밀었다. 엄마의 명함에 이름 과 전화번호를 바꾼 것이었다. '카미아'라고 쓰고 전화번호는 아무 번호나 썼다.

"푸드 팩토리. 나 여기 쿠키 좋아해요."

미미가 활짝 웃었다.

"아, 마침 제가 조금 가져왔어요."

아리하는 잘 포장된 쿠키 상자를 내밀었다. 상자 표면에 시제품이 라고 쓰여 있었다. 엄마가 며칠 전 회사에서 가져온 것이었다. 아직 출시 안 된 제품을 들고 다니면 좀 더 그 회사 직원처럼 보일 터였다.

미미는 즐거운 표정으로 말했다.

"맛있어 보이네요. 하지만 조금 이따 먹을게요."

미미 같은 여자는 이런 쿠키는 아마 입에도 대지 않을 것이다. 하지만 아주 즐겨먹는 것처럼 연기했다. 아리하의 학교 친구들도 다 마찬가지였다. 열량 높은 음식은 조심하고 또 조심한다. 하지만 본인은 조심하되 남들은 방심해야 했으므로 언제나 많이 먹는 척, 자주 먹는 척했다.

그런 눈치 싸움이 지긋지긋했지만 푸드 팩토리 직원 딸인 아리하는 어쩔 수 없이 좀 더 조심해야 했다. 푸드 팩토리 쿠키는 열량이 어마어마했다. 게다가 쿠키 하나가 얼굴 반이 가려질 정도로 컸다. 파인 시티의 모든 음식은 점점 더 사이즈는 크게, 열량은 더 많은 쪽으로 변해갔다. 음식을 점점 더 크게, 많이 만들면서도 점점 덜 먹어야 한다고 강요했다. 모든 사람을 시험에 들게 했다. 쿠키는 커지지만 그렇다 해도 쿠키를 많이 먹는 것은 자제력 없는 네 탓이라고 비난했다.

아리하는 미미의 거실을 둘러봤다. 모든 것이 새것이었다. 새로 장만한 새집. 새 가구.

"이사 온 지 얼마 안 되셨나요?"

"당연하죠. 캠프에서 퇴소한 지 얼마 안 됐잖아요."

"그렇죠. 퇴소 후에 가족이 사는 집으로 다시 돌아간 건 아닌가 봐요."

"네. 독립했어요. 이제 독립해야죠."

교육동영상에서도 봤던 빨간 소파가 보였다. 거실 벽 한 면은 난잡한 그래피티로 채워져 있었다. 작은 테이블과 옷장, TV 같은 것을 제외하고는 특별한 것은 보이지 않았다. 평범한 젊은 여자의 방이었다.

광고 촬영 전의 인터뷰라고 속인 아리하는 미미의 사진을 몇 장 찍었다. 사진 찍히는 일에 익숙한 듯 미미는 소파에서 이런저런 포즈를 잡았다.

촬영을 마친 미미는 싱글거리며 말했다.

"제 예전 사진들 보실래요?"

하마터면 학교에서 벌써 봤다고 얘기할 뻔했으나 아리하는 정신을 차리고 '앗! 보고 싶어요'라고 말했다.

미미가 십여 장의 사진들을 가져와 자랑스럽다는 듯이 아리하 앞에 펼쳐놓았다. 미미의 예전 시절. 뚱뚱하던 시절의 사진들 말이다. 사진에는 우울하고 어딘가 심술 맞아 보이는 미미가 들어 있었다. 교육용 동영상에서 본 것처럼 뭔가 먹고 있는 사진들도 많았다. 아리하 옆에서 미미도 자기 사진을 유심히 들여다보았다. 이 사진들이 그녀에게 마르지 않는 만족감을 주는 것이 틀림없었다. 사람들은 이 사진과 그녀를 번갈아 보면서 감탄과 찬사를 보낼 것이다. 그리고 앞으로 그보다 더 거대한 돈과 명예가 그녀를 따라오겠지. 아리하는 미미에게 거부감이 생겼지만 찾아온 목적 때문에 과하게 그녀의 비위를 맞춰주었다.

"정말 믿을 수가 없어요. 이게 캠프의 결과군요. 와, 정말 어떻게 이럴 수가 있는지. 캠프 얘기를 좀 더 자세히 듣고 싶어요."

미미는 지겹게 들었던 이야기를 반복했다. 무절제의 결과로 캠프에 입소하게 되었고 입소해서는 힘든 과정을 거쳤지만 규칙을 잘 따라서 삼 년 만에 퇴소할 수 있었다. 입소 기간이 길어지는 건 본인 책임이다. 십 년 동안 소식을 못 들었다고 항의할 것이 아니라 십 년이 되어도 퇴소 자격을 갖추지 못하는 사람을 탓해야 한다는 것이다.

"캠프 사람들은 친절해요. 최선을 다하죠. 하지만 입소자들은 골치예요. 솔직히 말해 문제가 많죠. 문제가 없는 사람들이었다면 애초에 입소할 일도 없었겠지만요."

미미는 캠프 입소자들을 비난하고 혐오감을 표했다. 일상적인 일이었다.

"미미, 캠프는 어디에 있어요?"

아리하는 형식적인 질문인 척 가볍게 물었다.

"파인 시티 외곽이에요. 자세한 위치는 저도 몰라요."

"직접 다녀왔는데도 모르신다고요?"

"그냥 차에 실려 갔을 뿐이거든요. 흰색 앰뷸런스. 아시잖아요."

"어딘지도 모를 곳에 있으면서 가족도 친구도 만나지 못했다니 힘들지 않았어요?"

캠프의 위치를 모른다니. 예상외로 힘 빠지는 답변이었지만 아리하는 필요한 다른 정보를 끌어내기 위해 질문을 계속했다.

"물론 힘들죠. 하지만 뚱뚱한 모습으로 사는 게 더 힘들었어요. 전제가 바뀔 수만 있다면 어떤 것도 견딜 수 있었어요."

"하지만 그 안에서 친구를 사귀었겠죠? 미미, 누구랑 친했어요? 지금도 연락하는 사람이 있어요?"

미미의 답변을 받아 적기 위해 볼펜을 집어든 아리하의 손이 미세하게 떨렸다.

"없어요. 전 아무하고도 친하지 않았어요. 캠프 입소자들은 모두 비만인들이에요. 다 뚱뚱하다고요. 비만은 전염병이에요. 가까이하면 비만균이 옮을지도 모르는데 친구로 지낸다니 말도 안 돼요."

"좋아요. 친하지는 않았다 해도 이름만이라도 아는 사람은 있겠죠?"

"없어요. 있어도 말 못 해요. 퇴소하면 캠프에 대한 것은 잊어야 해요. 우리는 비밀 준수 서약서에 사인을 해요. 캠프에서 있었던 일에 대해서는 어떤 이야기도 할 수 없어요."

"어떤 이야기도? 왜요? 어째서요? 어떤 생활을 했는지, 뭘 먹었는지 먹지 못했는지, 아침에 일어나서는 무엇을 했는지, 잠들기 전에는 또 뭘 했는지, 룸메이트가 있었는지, 하루 종일 혼자 외롭게 생활했는지 왜 말할 수 없어요? 캠프에는 지금 몇 명이나 있어요? 가장 최근에 입소한 사람은 누구예요? 돌봐주는 사람은 몇 명이었어요? 그 사람들이 친절했다고요? 그렇게 폭력적으로 입소를 당했는데 캠프에서는 그들이 친절했다는 걸 어떻게 믿을 수 있겠어요?"

아리하가 몰아쳤다. 미미가 벌떡 일어섰다. 너무 행복하다며 미소 짓던 조금 전과는 완전히 달라진 표정이었다. 미미의 얼굴에 불안과 공포가 떠올랐다.

"당신 뭐예요? 왜 그런 걸 물어봐요?"

"그냥 궁금해서 묻는 거예요. 그곳이 진짜로 어떤 곳인지 알고 싶어요."

"난 더 이상은 할 말 없어요. 이제 그만 가주면 좋겠어요."

"미미, 딱 하나만 더 물을게요. 퇴소하기 전날, 새로 입소한 남자애가 하나 있었죠?"

미미의 눈이 커졌다.

"있었잖아요. 그렇죠? 카타라는 이름. 그래요. 이름은 모를 수도 있지만 입소한 사람은 있었죠? 봤어요? 어땠어요? 다치지는 않았어요?"

아리하는 절박하게 물었다. 하지만 미미의 눈에는 당혹감만 어릴 뿐이었다.

잠시 뒤, 아리하는 어떤 대답도 듣지 못하고 그 집을 나와야 했다. 미미는 비밀 서약 이야기만 반복하며 아리하를 억지로 쫓아냈다. 안 나가고 버티면 에이전시에 전화해서 사람을 부르겠다는 말을 듣고 아리하는 일어설 수밖에 없었다.

먼발치에서라도 카타를 봤다는 말, 무사하다는 말이라도 듣고 싶었던 아리하는 어깨가 처졌다. 아무것도 알아내지 못하고 미미의 기분만 상하게 하고 말았다. 이 일 때문에 미미가 푸드 팩토리의 모델을 안 하겠다고 하면 어쩌지? 괜히 엄마의 회사 일을 망쳐버린 것은 아닌지 아리하는 뒤늦게 걱정이 되었다.

그러나 소득이 전혀 없었던 것은 아니었다. 미미의 집에서 훔쳐온 미미의 과거 사진 한 장이 아리하의 핸드백 속에 들어있으니 말이다.

집에 돌아온 아리하는 몰래 집어온 미미의 사진을 유심히 들여다보았다. 과거의 뚱뚱한 미미가 커다란 흔들의자에 앉아 있는 사진이었다. 마치 거대한 감자 자루 하나가 의자에 놓인 느낌이었다. 커다란 티셔츠로 감췄지만 목과 허리 부근, 팔뚝 아래 여기저기가 자루에 담긴 감자처럼 불룩불룩 튀어나와 있었다. 아리하는 미미의 사진을 뚫어지게 쳐다봤다. 하도 오래 들여다봐서 눈을 감고도 사진을 그대로 떠올릴 수 있을 정도가 되었다.

아리하가 사진에 집착한 것은 뭔가 이상했기 때문이다. 왠지 모를 위화감이 느껴졌다. 이 사진은 어딘지 어색해. 그런데 무엇이? 글쎄…… 그게 뭘까?

아리하는 시간이 가는 것도 잊고 사진을 골똘히 들여다보았다. 그리고 마침내 아리하는 '아!' 하는 소리를 내며 벌떡 일어섰다. 미미의 사진이 가지고 있는 수상한 어떤 점을 아리하는 드디어 깨달을 수 있었다.

🐻 🐻 🐻

미미의 푸드 팩토리 광고 촬영일이 되었다. 아리하는 학교를 조퇴

했다. 아침부터 배가 아프다는 연기를 했고 두 번째 수업시간이 끝나고 조퇴 허가를 받을 수 있었다. 걱정하는 주니를 뒤로하고 아리하는 촬영장으로 달렸다. 한 번 더 미미를 만나야 했다. 미미를 만나 자신이 의심하는 것을 확인하고 싶었다.

촬영 스튜디오는 푸드 팩토리 회사 빌딩 지하에 있었다. 유명인들의 스튜디오 촬영이 있는 날에는 입구에서 회사 경비원들이 오가는 사람들을 통제했다. 아리하가 도착했을 때 경비 데스크에서는 어떤 중년 여자가 회사 경비원들과 실랑이를 벌이고 있었다.

"대체 왜 안 된다는 거예요? 미미를 만나야겠다고요. 내가 미미 엄마라니까요?"

아리하는 귀가 쫑긋해졌다. 미미의 엄마라고?

"촬영 관계자 외의 사람은 들여보낼 수 없어요. 댁이 엄마라면 딸을 집에 불러다 놓고 실컷 보면 될 거 아닙니까?"

"연락이 안 되니 그렇죠. 난 내 딸을 삼 년이나 못 봤어요. 제발 들여보내줘요."

"사정이 어떻든 지금 촬영장에는 아무도 못 들어가요."

경비원이 여자에게 손사래를 쳤다. 아리하가 여자에게 다가갔다.

"저…… 미미 어머니시라고요?"

"그런데요. 우리 미미를 알아요?"

"며칠 전에 한 번 만났어요."

"그래요? 어디서요? 어떻게요? 난 그 에이전시인가 뭔가에 연락했더니 딸이 나를 보고 싶어 하지 않는다고 말하더라고요. 그게 말이 돼요? 삼 년을 못 봤는데. 에이전시 사무실에 직접 가봤지만 쫓겨났어요. 문 앞에서 무작정 기다려보기도 했지만 만나지 못했고요. 우연히 여기서 광고를 찍는다는 걸 알게 돼서 찾아온 거예요."

아리하는 이상하다는 생각이 들었다. 퇴소자가 가족을 만나지 못하도록 일부러 방해하는 사람들이 있는 걸까? 아리하는 중년의 여인을 데리고 사람이 지나다니지 않는 층계참 구석진 곳으로 갔다.

"미미가 아주머니 딸인 건 확실해요?"

"내게 사진이 있어요."

중년 여자는 핸드백에서 사진을 꺼냈다. 미미와 중년 여인이 같이 찍힌 사진이었다. 미미의 비포 사진. 뚱뚱한 미미의 사진. 멀리서 흐릿하게 찍히긴 했지만 분명 미미였다.

"미미는 사진 찍는 것을 싫어했어요. 한사코 찍히지 않으려 했죠. 그래서 가지고 있는 사진은 그것밖에 없어요. 뚱뚱해진 미미는 밖에도 나가지 않고 집 안에서만 살았어요. 하지만 내 생일에 미미가 선물을 사겠다고 밖에 나갔어요. 그 길로 돌아오지 않았죠. 아무도 알려주지 않았지만 캠프로 입소된 것이 분명했어요. 백방으로 찾으러 다녔지만 아무 소식도 듣지 못하고 삼 년이 지났어요. 그러다 지역문화센터에서 교육동영상을 봤어요. 거기 우리 미미가 있더군요. 내게는 아무 연락도 없었는데. 날씬해져서 퇴소한 미미는 너무 달라져서 도저히 알아볼 수 없었지만 그 영상에 나오는 뚱뚱한 미미는 분명 내 딸이었어요."

미미의 엄마라는 사람은 아마도 아리하가 학교에서 봤던 그 영상을 봤을 것이다. 뚱뚱한 미미가 개처럼 엎드려서 케이크를 먹는 가련한 모습 말이다. 그 영상이 떠올랐는지 중년 여자는 얼굴이 어두워졌다.

"그건 너무 이상했어요. 우리 딸 미미가 언제 그런 영상을 찍었는지…… 거긴 우리 집도 아닌데."

"미미의 집이 아니었다고요?"

"아니었어요. 내가 우리 집을 못 알아볼 리 없잖아요."

아리하는 며칠 전 미미의 집에서 몰래 한 장 가지고 나온 사진을 꺼내 보여주었다. 여자가 그 사진을 꼼꼼히 들여다봤다. 아리하도 중년 여자가 가진 사진과 자신이 가진 것을 비교해봤다.

"둘 다 우리 미미가 맞아요. 하지만 집은 달라요."

"확실해요?"

"네. 확실해요. 그 사진은 어디서 찍은 건지 모르겠네요. 집 밖이라 곤 통 나가지 않던 앤데. 그런데 그 사진은 되게 잘 나왔네요. 우리 미미는 사진 찍는 걸 싫어했는데. 이렇게 가까이에서는 절대 찍지 못하게 했어요."

아리하가 미미의 사진에서 느꼈던 수상한 점이 바로 그것이었다.

사진 자체에는 이상한 점이 없었다. 조작의 흔적이 없었고 초점도 맞은 잘 찍힌 사진이었다. 그러나 바로 그 '잘 찍혔다는 것'이 문제였다. 피사체가 자신이 찍힌다는 것을 알고 있는 사진. 얼굴과 몸매가 선명하게 나온 가까이에서 찍은 사진. 미미는 이런 사진을 십여 장이나 가지고 있었다. 각도와 포즈를 달리해서 찍은 사진들. 그뿐인가? 학교 교육 시간에 본 동영상도 있다. 먹는 모습을 찍은 동영상 말이다. 비만인들이 탐욕스럽게 먹는 제 모습을 영상으로 남긴다는 것이 자연스러운 일인가?

비만인들은 눈에 띄지 않도록 조심했다. 사진이라면 우연히라도 찍히지 않도록 경계했다. 카타의 사진이 없는 이유도 그 때문이었다. 카타는 단체 사진을 찍을 때도 아이들 뒤에 몸을 숨길 수밖에 없었다. 늘 잡혀갈 위험에 처해 있으니 당연한 일이었다.

그런데 미미는 마치 의도가 있는 것처럼 사진을 남겼다. 무엇에 써먹으려는 듯이. 교육 자료로 쓰인다는 것을 미리 알기라도 한 듯이. 미미는 대체 이 사진을 어디서 찍은 것일까? 왜 찍은 것일까?

아리하가 미미 엄마라는 여자에게 말했다.

"아주머니, 여기 계시지 말고 지하주차장에서 기다리세요. 미미를 만나게 해드릴게요."

"주차장이요?"

"네. 미미는 스튜디오 촬영이 끝나면 아마 1층으로 올라가지 않고

바로 주차장으로 갈 거예요. 잠깐이라도 만나려면 주차장에 계시는
편이 나아요."

"알겠어요. 고마워요."

여자를 주차장으로 내려보내고 아리하는 다시 스튜디오 앞으로 갔
다. 엄마에게 전화를 하든 지나는 사람에게 쪽지를 전하든 해서 안에
들어갈 생각이었다. 그런데 안면이 있는 엄마의 회사 동료 리가 스튜
디오로 막 들어서려는 것이 보였다. 아리하는 얼른 뛰어갔다.

"안녕하세요. 리 아줌마."

"오, 아리하구나? 어쩐 일이야?"

"엄마가 깜빡 잊은 물건이 있다고 가져다달랬어요."

"그래? 그럼 같이 들어가자."

아리하는 리와 함께 아무 제지 없이 스튜디오로 들어갔다.

여러 개의 조명과 반사판이 한 곳을 비추고 있고 그 가운데에서 미
미가 한창 촬영 중이었다. 미미는 자기 얼굴만 한 쿠키를 양손에 들
고 볼에 경련이 일도록 웃고 있었다. 사진작가가 연신 '좋아!'를 외치
며 이런저런 포즈를 주문했다. 음악 소리가 시끄러웠다. 미미가 서 있
는 곳을 뺀 스튜디오의 다른 곳은 어두컴컴했다. 아리하는 엄마를 찾
아보았다. 다라는 사람들에게 둘러싸인 채 모니터로 미미의 모습을
체크하고 있었다. 아리하는 엄마에게 들키지 않게 재빨리 촬영장 구

석의 파우더 룸으로 숨어들었다.

　방은 비어 있었다. 조명이 달린 커다란 거울이 보이고 그 앞에 정리되지 않은 화장도구들이 널브러져 있었다. 색조화장품들과 각종 붓과 솔, 가발과 인조 속눈썹, 수백 개쯤 되어 보이는 실핀과 아무리 들여다보아도 무엇에 쓰는 것인지 알 수 없는 물건들이 가득했다. 옷이 가득 걸려 있는 행거가 두 개 있었고 소파 위에도 옷가지들이 줄줄이 널려 있었다. 바닥에는 아찔한 높이의 하이힐이 여러 켤레 정리되지 않은 채 뒤죽박죽 쌓여 있고 테이블 위는 여러 사람이 먹다 남긴 듯 음식물과 음료수 병들로 아수라장이었다.

　미미는 여기서 메이크업을 받고 기다리다 촬영에 들어간 것이리라. 촬영이 끝나면 이곳으로 돌아오겠지? 혼자 돌아오는 것이 아니면 어쩌지?

　아리하는 미미와 마주치면 무슨 말부터 해야 할지 생각해봤다. 주차장으로 나가서 당신의 엄마를 만나보라고 해야 할까? 그보다도 어떻게 해서든 미미의 엄마를 데리고 들어왔어야 되는 게 아니었나? 아까 미미의 엄마를 주차장으로 보내지 않았다면 리를 만났을 때 어쩌면 다 같이 들어올 수도 있었을 텐데.

　아리하가 안절부절못하고 있는 사이 문이 벌컥 열렸다. 지친 표정의 미미가 들어섰다. 미미는 아리하의 얼굴을 보더니 노골적으로 불편한 표정을 지었다.

"또 당신이네요. 카미아?"

카미아? 아리하는 순간적으로 카미아가 누구지 싶다가 얼른 정신을 차렸다. 아리하는 어색하게 웃어 보였다.

"촬영 잘하고 계신지 보러 왔어요."

미미가 방어적으로 가슴 앞에 팔짱을 꼈다.

"회사에 물어봤더니 당신을 아는 사람이 없던데?"

"제가 신입이거든요. 다른 부서 사람들은 아마 잘 모를 거예요. 그보다도……."

아리하는 미미의 코앞에 자신이 훔쳐온 예전 미미의 사진을 들이밀었다.

"이걸 돌려드리려고요. 그날 돌아가 보니 제 가방 안에 들어 있더라고요. 경황이 없어서 실수로 가져왔나 봐요. 죄송해요."

미미는 잠시 사진을 쳐다보더니 아무런 말 없이 사진을 받으려 했다. 아리하가 재빨리 사진을 도로 채 가며 물었다.

"근데 이 사진은 누가 찍어줬어요?"

"누가, 라뇨?"

"누군가 찍어줬을 것 아니에요? 사진이 한두 장이 아니던데."

"글쎄요, 기억 안 나요. 엄마가 찍었겠죠."

"당신 엄마는 당신이 사진 찍는 것을 엄청 싫어했다고 하시던데요?"

"그게 무슨 말이에요? 우리 엄마를 만났어요?"

"당신이 퇴소했을 때 엄마가 정말 기뻐하셨겠네요?"

"당연하죠. 엄마는 춤이라도 출 기세였어요."

아리하는 미미가 거짓말하고 있다는 걸 금세 눈치챘다. 미미는 분명 무언갈 숨기고 있었다.

"친구들은 어땠어요?"

"누구요?"

"친구요. 친구들. 학교 동창이나 동네에서 같이 어린 시절을 보낸 그런 사람들이요."

"난 친구 없어요."

"친구가 없다니. 그럼 친척은요? 이웃은요?"

"대체 왜 이러는 거예요?"

"저는 그런 생각이 들어요. 누군가 TV나 잡지에 나오면 그 사람을 알아보는 사람이 잔뜩 있잖아요? 아, 나 저 사람 알아. 나 저 사람이랑 같은 학교 동창이야. 예전에 같은 동네에 살았어. 이런 사람들이요. 그런데 당신은 그런 사람이 전혀 없는 것 같아요. 그냥 어디서 뚝 떨어진 사람 같아요."

미미는 대답 없이 아리하를 바라봤다. 그러더니 갑자기 활짝 웃었다. 아리하가 긴장했다.

"당연하죠. 뚱뚱했기 때문에 난 바깥에 나갈 수가 없었어요. 학교도 다닐 수 없었고 직업을 가질 수도 없었죠. 나는 거의 없는 사람이었어요. 나를 아는 사람은 아무도 없어요. 당신도 길에서 뚱뚱한 사람을 만나는 일이 그리 흔치는 않잖아요. 그렇죠? 그 사람들은 대부분 집에 숨어 있어요. 집 안에서 먹고 또 먹는 거죠. 저도 그랬고요.”

아리하는 말문이 막혔다. 그때 파우더 룸의 문이 열렸다. 들어온 사람은 다라였다.

“아리하!”

다라는 깜짝 놀란 얼굴이었다.

“리가 네가 왔다고 해서 찾아다녔어. 대체 무슨 일이야?”

아리하는 대답하지 않았다. 미미는 아리하와 다라의 얼굴을 번갈아 보았다. 그러더니 아리하에게 물었다.

“이름이 아리하인가 봐요? 나한테는 카미아라고 하더니.”

다라의 눈이 더 커졌다.

“카미아라고?”

아리하는 당황할 수밖에 없었다. 미미가 그들을 몰아내듯 팔을 휘저었다.

“당신이 아리하인지 카미아인지는 상관없어요. 어쨌든 나는 미미예요. 이제 그만들 나가주세요. 촬영이 끝났으니 옷 갈아입고 가야겠어요.”

다라는 미미에게 사과하고는 아리하의 어깨를 잡아끌다시피 해 밖으로 나왔다. 아리하는 그대로 엄마 손에 이끌려 스튜디오 구석으로 갔다. 다라가 목소리를 낮췄다.

"아리하, 이게 무슨 일이야? 대체 어떻게 된 거야?"

"엄마, 지금 주차장에 미미 엄마가 와 있어요."

"대체 무슨 소릴 하는 거야? 너 학교는 어쩌고 왔어?"

"지금 학교가 중요한 게 아니라고요. 미미 엄마가 미미를 만날 수 있게 해야 돼요. 지금 주차장으로 가요."

"아리하, 정말 기가 막히는구나. 대체 무슨 짓을 하고 다니는 거야?"

"빨리요."

아리하는 다라의 손목을 잡아끌고 주차장으로 갔다. 넓은 주차장에 빽빽이 차가 주차되어 있었다. 휘둘러보았지만 중년의 여자는 보이지 않았다. 어떤 것이 미미의 차인지도 알 수 없었다. 역시 어떻게든 미미의 엄마를 데리고 들어갔어야 했다는 후회를 하고 있을 때 출입구에 미미가 나타났다. 미미는 혼자가 아니었다. 커버를 씌운 옷가지들을 잔뜩 든 코디네이터로 보이는 여자와 역시 에이전시 직원으로 보이는 젊은 남자가 함께 있었다. 미미의 밴은 출입구 가까이에 주차되어 있었다. 미미가 차에 오르려 했다. 이대로 미미를 놓치는 건가? 아리하는 다급해졌다.

그때 누군가 주차된 차 사이에서 뛰쳐나왔다. 차 그늘에 숨어 미미를 기다리던 그 중년의 여자가 차에 타려는 미미의 앞을 가로막고 섰다.

"미미?"

미미는 멀뚱한 표정으로 중년 여자를 보았다. '누구 이 사람 알아?' 묻듯 직원들을 둘러보았다. 직원들도 멀뚱히 서로를 바라보았다. 중년 여자의 표정에 당혹스러움과 분노가 어렸다.

"너 누구야? 미미가 아니지? 내 딸 미미를 어떻게 했어? 어떻게 하고 네가 미미 행세를 하고 돌아다니는 거야?"

여자가 미미에게 달려들어 머리칼을 움켜쥐려 했다. 에이전시 직원들이 재빨리 미미를 감쌌다. 미미는 크게 놀란 것처럼 보였다. 한 사람이 중년 여자의 팔을 잡고 늘어진 사이 미미는 밴에 얼른 올라탔다. 직원이 여자를 바닥에 내팽개쳤다. 그 모습을 본 아리하와 다라가 여자에게 달려갔다.

미미가 탄 밴은 타이어 마찰음을 남기며 떠났다. 미미의 엄마는 바닥에 쓰러져 '미미'를 부르며 대성통곡을 했다. 아리하와 다라는 그녀를 위로하고 싶었지만 아무것도 할 수 있는 말이 없었다.

🐻 🐻 🐻

거실 테이블에 미미의 비포 사진과 애프터 사진이 나란히 놓여 있었다. 다라와 아리하는 그것을 몇십 분째 바라보고 있었다.

미미의 집에서 가져온 비포 사진. 뒤쪽 선반에 얹힌 회색 코끼리 인형이 보였고 벽지는 흰색이었다. 커다란 흔들의자에 미미가 앉아 있는 사진이었다. 미미의 엄마라는 사람은 이곳이 자신의 집이 아니라고 했다.

아리하는 자신이 직접 찍은 미미의 현재 사진과 뚱뚱한 미미의 사진을 비교해봤다. 같은 사람일까? 사이즈 자체가 다르니 첫눈에 보기에는 엄청 달라 보였지만 또 어찌 보면 닮은 것도 같았다. 눈 색깔은 둘 다 회색이었다. 과거 사진이 좀 더 푸르게 보이기도 했다. 머리카락 색은 과거는 탁한 갈색이었는데 지금은 주황빛이 돌았다. 하지만 파인 시티에 머리카락을 염색하지 않는 사람은 드무니 머리카락 색은 고려 요소가 아니었다. 체중 감소나 성형 등으로 얼굴이 달라져도 귀의 생김새는 달라지지 않는다던데? 사진에서는 과거의 미미나 현재의 미미 모두 머리카락으로 귀를 가리고 있어 비교해볼 수가 없었다. 다라가 말했다.

"미미가 가짜라고?"

"확실해요. 미미가 자기 엄마를 못 알아보는 것 봤잖아요. 미미는 많이 달라졌다 치더라도 미미 엄마는 달라지지 않았을 텐데 딸이 엄마를 못 알아볼 수가 있어요?"

"가짜가 미미 행세를 한다는 건가? 왜 그런 짓을 하지?"

"캠프 치유자 행세를 하면 돈을 벌 수 있으니까? 광고도 찍고 유명인 행세를 할 수 있잖아요."

"하지만 그런 짓을 하면 당장 캠프 운영자들에게 걸릴 텐데? 진짜 미미는 아직 캠프 안에 있다는 거잖아."

"그건 잘 모르겠어요. 하지만 성공적인 퇴소자가 많이 나오는 게 캠프 입장에서도 좋은 거니까 그냥 놔두는 것 아닐까요?"

다라는 미간을 찌푸리며 무언가 생각했다.

"그래도 이해가 안 되는 점이 있어. 새로운 미미가 가짜라면 말이야, 그 애의 진짜 신분이 있을 거잖아? 그 애도 친구가 있고 가족이 있을 텐데, 걔는 미미가 아니고 캠프에 간 적도 없다는 걸 모두 알 텐데 그 사람들은 왜 아무 말을 안 하고 있을까?"

"성형 수술을 하지 않았을까요? 그래서 아무도 못 알아보는 새사람으로 탄생한 거예요."

"성형 수술이라⋯⋯."

"아니면 가짜 미미의 가족들, 이웃들은 그 여자가 가짜라는 걸 알면서도 말을 못 하고 있는지도 몰라요. 누군가 말을 못 하게 막고 있을 거예요."

"누가?"

"이제 그걸 알아봐야죠."

아리하는 테이블로 눈을 돌려 다시 사진을 골똘히 들여다보았다.

"이건 미미 혼자 한 짓이 아닐 거예요. 이걸 계획하고 실행하는 사람들이 있어요. 가짜 미미가 진짜 미미의 예전 사진을 어디서 구했겠어요? 둘이 아무런 연관이 없는 사람들이라면 말이에요."

"그렇다면 어떤 사람들이 진짜 미미의 사진을 잔뜩 찍어서 가짜 미미한테 주었다는 얘기네."

"미미뿐만이 아닐 거예요."

"무슨 말이야?"

"미미 말고 다른 치유자들은 다 진짜일까요?"

다라의 가슴이 콱 막혀왔다. 딸을 쳐다보며 한동안 아무 말도 할 수 없었다. 내 딸은 지금 무슨 생각을 하고 있는 것일까?

가슴이 두근대며 답답한 것은 아리하도 마찬가지였다. 정말 그럴까? 이 모두가 다 가짜일까? 캠프도 입소자도 치유자도 모두 만들어낸 이야기일까? 그렇다면 카타는? 카타는 어디로 간 것일까?

"다른 치유자들의 사진도 다 살펴봐야겠어요."

"다른 치유자들의 사진을 어디서 구할 수 있는데?"

다라와 아리하는 마주봤다. 다른 치유자들의 사진과 영상을 어디서 구할 수 있을지는 둘 다 알고 있었다.

10

아리하는 나냐에게 면담 신청을 했다.

"카타가 입소하고 난 뒤에 마음을 잡을 수가 없어요. 정서적으로 불안해요. 폭식을 끊을 수가 없어요. 이런 상태로 계급 심사를 받게 된다면…… 전 어쩌죠, 교장 선생님?"

나냐는 아리하에게 전문 상담사를 소개해주려 했지만 아리하는 시민위원회 중앙위원이며 S계급인 존경하는 교장 선생님과 꼭 이야기를 나누고 싶다고 고집했다.

"좋아, 아리하. 그럼 방과 후에 교장실로 오렴."

"음, 하지만 학교 친구들에게 알려지지 않게 만나면 안 될까요? 지금도 애들이 절 이상한 눈으로 보고 있는데."

"그럼 내가 알려주는 곳으로 올래? 프라이빗한 살롱이야. 누구를 만나든 비밀이 보장된단다."

"감사합니다. 교장 선생님."

아리하가 나냐를 밖으로 유인한 사이, 다라가 교장실에 들어가서 다른 치유자들의 사진을 빼내오기로 했다. 학교에서는 미미 이전에도 치유자들의 사진과 영상들로 자료를 만들어 학생들을 교육시켜왔고 그 책임자는 나냐였다. 나냐에게 캠프와 캠프 입퇴소자에 대한 자료가 있을 것이 분명했다. 계획을 세운 것은 아리하였다. 아리하는 처음에는 자신이 교장실에 들어가겠다고 했지만 다라가 반대했다.

"그건 위험해 아리하. 들키면 어쩌려고 그래?"

"나는 학생이잖아요 엄마. 교장실에 있다가 들켜도 어떻게든 둘러댈 수 있어요. 하지만 엄마는 뭐라고 말할 건데요?"

"그건 엄마가 알아서 할게. 대신 너는 이 일에 대해서 아무것도 모르는 걸로 해야 돼. 너는 정말로 교장 선생님께 상담을 받고 싶었던 거야."

"엄마, 내가 잘할 수 있다니까요!"

"아리하. 엄마가 너 사랑하는 거 알지? 엄마는 널 돕고 싶어. 널 막기 위해서가 아니라 정말로 널 도우려는 거야. 엄마를 믿어."

약속한 시간에 다라는 교문 밖에서 차를 대고 기다리고 있었다. 나냐의 은빛 세단이 교문을 빠져나왔다. 뒷자리에 타 있는 아리하의 모습이 보였다. 아리하는 슬쩍 뒤를 돌아보며 다라의 차를 확인했다.

나냐의 차가 학교에서 한참 멀어졌다고 생각이 들 때쯤 다라는 서둘러 차에서 내렸다. 넉넉잡고 1시간 정도는 시간이 있었다. 아리하가 최대한 나냐를 붙잡고 놓아주지 않을 터였다. 학교 경비원이 교문을 들어서는 다라를 알아보고 눈인사를 했다. 다라가 멋쩍게 웃으며 가지고 온 작은 가방을 들어 보였다.

"학교 가면서 하루라도 뭘 빠뜨리지 않는 날이 있으면 좋겠어요."

경비원은 동감한다는 듯 웃으며 고개를 설레설레 저었다. 다라는 급하게 1층 교장실로 향했다. 입구에 부재중 팻말이 걸려 있었다.

복도에 사람이 없는 걸 확인하고 다라는 서둘러 안으로 들어갔다. 교장실은 생각보다도 더 화려하게 꾸며져 있었다. 웬만한 사내들이 달라붙어도 옮기기 어려울 것 같은 육중한 대리석 테이블을 사이에 두고 양옆으로 짙은 자주색의 대형 가죽 소파가 있었다. 다른 가구도 다 최고급이었다. 일을 하는 사무실이 아니라 고급 호텔의 응접실 같았다. 사실 나냐는 학교 교장으로서 행정적인 업무를 하는 것은 아니었다. 그저 학교의 자랑이자 상징이었다. 외부 강연이나 TV 출연으로 바빠서 학교에 나오는 날보다 나오지 않는 날이 더 많았다.

다라는 머뭇거릴 틈 없이 나냐의 책상으로 가서 컴퓨터의 전원을 눌렀다. 컴퓨터가 부팅 되는 소리가 밖에까지 들릴 듯 크게 윙윙거려 다라는 가슴을 졸였다. 감히 S계급의 물건을 건드리는 사람은 없을 것이라고 믿었는지 나냐의 컴퓨터에는 비밀번호가 걸려 있지 않았다. 한 시간 정도 뒤지면 될 거라고 생각했지만 뒤지고 찾고 할 것도 없었다. 배경화면에 버젓이 〈캠프〉라는 제목의 폴더가 있었기 때문이다. 다라는 가져온 USB를 삽입해 폴더를 통째로 옮겼다. 복사 중임을 알리는 막대 그래프가 화면에 떴다. 5퍼센트, 10퍼센트…… 사무실에 들어와서 파일 복사를 하기까지 채 5분도 걸리지 않은 것 같았다.

그때 교장실 문을 노크하는 소리가 들렸다. 다라는 잽싸게 책상 밑으로 숨었다. 밖에 분명 부재중이라는 푯말이 걸려 있는데 누굴까? 노크 소리가 한 번 더 울렸다. 다라는 숨을 죽였다. 안에서 응답이 없으면 방문자는 돌아갈 것이다. 누가 감히 나냐의 사무실에 함부로 들어올 수 있단 말인가. 하지만 놀랍게도 문이 열리는 소리가 들렸다. 바보같이 왜 문을 잠그지 않았을까, 이렇게 조심성이 없다니. 차라리 똑똑한 아리하가 교장실에 들어오는 게 더 나았겠다고 생각하며 다라는 입술을 깨물었다.

누군가 안으로 들어섰다. 그리고 천천히 책상 쪽으로 다가왔다. 책상 밑에 웅크린 다라는 심장 뛰는 소리 때문에 입안이 바짝바짝 말랐다. 다라는 책상 밑에 숨은 걸 후회했다. 숨지 않았더라면 누가 들어오더라도 교장 선생님께 볼일이 있어 왔는데 안 계시더라고 둘러댈 수도 있었을 것이다.

책상 쪽으로 돌아오는 사람의 다리가 보였다. 남자의 다리가 다라 눈앞에 우뚝 섰다. 컴퓨터 화면을 살펴보고 있는 것이 확실했다. 들켰다! 그 순간 다라는 재킷 자락으로 얼굴을 덮고 총알처럼 튀어나갔다. 작전은 완전 실패지만 어쨌든 도망쳐야 했다. 온몸으로 남자를 확 밀치며 문을 향해 뛰었다. 갑작스런 공격에 남자는 비틀거렸지만 쓰러지진 않았다. 남자는 도망치는 다라의 뒷덜미를 와락 붙잡았다. 다라는 비명을 삼키며 저항했다. 팔다리를 마구 휘둘렀다. 그러나 다라는 간단히 제압당했다. 남자가 다라를 꼼짝 못 하게 누르고 억지로 고개를 돌렸다. 서로를 마주 보게 된 둘은 놀라서 입이 크게 벌어졌다. 교장실에 들어온 사람은 치노였다.

"다라!"

그때 컴퓨터에서 복사 완료를 알리는 신호음이 '땡' 하고 작게 울렸다. 치노가 검지를 입에 댔다.

"쉿!"

치노는 급하게 USB를 빼내 주머니에 넣었다. 컴퓨터를 끄고 어질러진 것이 없는지 주변을 살폈다. 그리고 어안이 벙벙한 다라를 데리고 살며시 교장실을 빠져나갔다.

🐻 🐻 🐻

치노의 집은 학교 근처에 있었다. 깨끗하고 아담한 아파트였다.

집 안에 들어가기 전까지 둘 다 아무 말도 하지 않았다. 다라는 방망이질치는 가슴이 진정되지 않았지만 치노는 덤덤한 표정이었다.

"차 한잔 드릴게요."

멍한 다라를 앉혀놓고 치노는 차 준비를 했다. 다라는 치노의 주머니에 들어 있는 USB에만 시선을 주고 있었다. 치노는 아리하가 가장 좋아하는 선생님이다. 체육시간에 달리기를 시킨다고 했다. 카타가 강제입소 당한 현장에서 아리하를 안아줬던 사람이다. 다라와 함께 카타의 엄마를 찾아갔었다. 그리고 무언가 찾으러 교장실에 몰래 들어왔다.

"나냐가 부재중일 때 교장실은 항상 잠겨 있어요. 억지로 열려면 못 열 것도 없지만 기회를 잡을 수가 없었죠. 그런데 오늘은 천운인지 교장실이 안 잠겼더라고요."

다라는 천운이었다기보다는 나냐와 같이 교장실을 나서던 아리하가 어떻게든 했을 것이라고 생각했다.

다라는 찻잔을 들고 온 치노를 가만히 쳐다봤다. 치노는 주머니에서 USB를 꺼내들고는 다라를 보며 미소 지었다.

"우린 이제 동지네요."

다라와 치노는 복사해 온 USB를 컴퓨터에 넣고 함께 살펴보았다. 나냐의 캠프 파일에는 미미 말고도 다른 캠프 치유자들의 영상이 여러 개 들어 있었다. 생김새는 다 달랐지만 그들이 말하는 내용은 다 같은 맥락이었다. 과거에는 절제 없이 탐욕스럽게 먹어서 뚱뚱했지만 캠프에 입소한 후 많은 도움을 받았고 지금은 새 인생을 살게 되었다고. 뚱뚱했던 과거를 반성하고 지금은 새사람이 되었다고. 그러면서 현재의 모습에서는 상상도 할 수 없는 과거 뚱뚱했던 때의 영상을 함께 보여주었다.

몇 개의 인터뷰를 넘겨보다 치노는 무언가를 발견했는지 영상들을 다시 돌려보기 시작했다. 치노는 치유자의 현재 모습이 아닌 그들이 보여주는 과거 영상을 눈여겨보고 있었다. 모두 실내에서 찍혔는데 벽지 등 인테리어는 다르지만 구조나 크기가 비슷해 보였다.

"여긴 집이 아니에요. 이 영상을 보면……."

치노가 영상을 플레이했다가 정지하기를 반복했다.

"이쪽 벽에는 창문이 없는데 이웃한 이쪽 벽도 마찬가지예요. 이 영상에는 창문처럼 보이는 것이 있지만 그냥 인테리어용 가짜 창문이에요. 어떤 영상에도 창문이 없어요. 사람이 사는 진짜 방이 아니라 사진을 찍기 위한 스튜디오라는 뜻이죠. 게다가 모든 사진이 너무 선명해요. 자연광만으로는 이런 화질을 얻을 수 없어요."

"모두 같은 스튜디오에서 찍었을까요?"

"그랬을 거예요. 소품도 겹치는 것들이 있어요. 여기 있는 코끼리 인형이 다른 영상에서도 보여요."

미미의 영상에서 선반에 얹혀 있던 회색 코끼리 인형이 다른 젊은 남자의 영상에서는 침대 위에 올려져 있었다. 코끼리 인형이라니. 마치 어떤 은유 같았다.

"같은 곳이라면 어디일까요?"

"캠프겠죠. 캠프 안에 스튜디오가 있을 거예요. 그들이 자신의 옛날 모습이라고 하는 영상들은 사실 입소 전이 아니라 입소 후에 찍은 거예요. 원해서 찍은 것이 아니라 강제로 찍힌 거죠."

"그래서 미미 엄마가 가지고 있던 사진과 퇴소한 미미가 가지고 있는 사진이 배경이 다른 거군요."

"그렇죠. 캠프에서 그 사진을 찍은 후 가짜 미미에게 줬고 가짜 미미는 사람들한테 캠프 치유자 행세를 한 거죠."

다라가 탄식처럼 중얼거렸다.

"대체 왜 그런 짓을 할까요?"

"캠프 홍보 차원이겠죠. 캠프는 성공적이다, 캠프를 다녀오면 인생이 바뀐다는 생각을 갖게 하려고. 하지만 그건 다 거짓말이었어요. 어쩌면 캠프라는 곳 자체가 가짜인지도 몰라요."

"캠프가 가짜라고요? 그게 무슨 뜻이에요?"

"뚱뚱한 사람들은 캠프에 끌려가요. 그리고 그대로 소식이 끊어지죠. 생사도 알 수 없어요. 캠프가 사람을 교정해서 내보내준다고 하지만 증거가 있나요? 퇴소자들이 입소자들과 같은 사람이라는 어떤 증거도 없어요. 그들은 과거의 삶과 단절하고 싶다는 이유로 예전의 가족에게 돌아가지 않아요. 그들은 실재하는 사람들이 아니에요. 그냥 교육적 목적으로 영상 속에서만 존재하는 사람들이죠."

"캠프가 가짜라면…… 그럼 카타는 어디로 간 거죠?"

다라가 물었다. 그렇다. 카타. 카타는 대체 어디로 갔다는 말인가? 카타 이전에 그들이 데려갔던 그 수많은 사람들은 다 어떻게 되었다는 말인가? 정말로 캠프에서 돌아온 사람이 아무도 없다는 얘기인가? 그들이 모두 죽었다는 이야기인가? 생각만 해도 몸이 후들후들 떨렸다. 치노가 진정하라는 듯 다라의 어깨에 손을 올렸다. 다라는 속삭이듯 말했다.

"대체 캠프에서는 뭘 하는 걸까요? 사람들을 교정해주는 게 아니라면 굿펠로는 살찐 사람을 데려다 뭘 하는 거예요? 비만한 사람들을 한곳에 모아두는 게 그들에게 무슨 이득이 있을까요?"

"바로 그게 지금 우리가 알아보고 있는 것들이에요."

다라는 잠시 치노를 바라보았다.

"우리, 라고요? 당신 말고 또 다른 사람이 있나요?"

치노의 얼굴에 알 수 없는 표정이 스쳤다.

"당신과 나 얘기였어요. 당신은 캠프에 대해 알아보려고 교장실에 들어간 거잖아요? 나도 마찬가지고."

다라는 믿지 않았다.

"……당신은 누구예요, 치노?"

치노는 어깨를 으쓱했다. 다라는 새삼스레 집 안을 둘러보았다. 집 안은 작고 깔끔했다. 평범한 가구들, 평범한 소품들. 그러나 어떤 냄새가 났다. 이건 무슨 냄새일까? 확실하지는 않지만 분명 어디선가

맡아본 적도 있는 냄새인데. 강하지는 않지만 끊일 듯 끊이지 않고 코끝을 간질이는 냄새. 그러다 다라는 창가에 세워져 있는 커다란 거울을 발견했다.

"거울이네요."

"외출 전 외모를 점검하는 일은 중요하니까요."

"굉장히 크네요."

"전신이 다 보여야 하거든요."

"현관 바로 앞에도 거울이 있던데?"

"내 모습을 어디서든 보기를 원해요."

다라는 거울의 용도를 알고 있었다. 다라는 놓여 있는 거울의 각도를 보고 빛이 향하는 방향을 찾았다. 빛은 거실 벽에 있는 책장을 향하고 있었다. 다라는 책장 앞으로 갔다. 손가락으로 책등을 훑으며 다라가 말했다.

"보통 책은 햇빛이 닿지 않는 곳에 두죠. 책들이 누렇게 바래는 걸 원치 않으니까요. 그런데 여기는, 햇빛이 책장으로 곧장 쏟아지고 있네요."

"음…… 전 뭐 별로 신경 안 써요."

다라는 치노의 말을 흘려들으며 책장을 옆으로 밀었다. 책장이 무겁지만 부드럽게 옆으로 밀리며 책장 뒤에 감춰진 문이 나타났다.

"그 방은 안 돼요."

"치노, 나를 못 믿어요?"

치노의 얼굴에 망설임이 떠올랐다. 다라는 치노를 똑바로 바라보았다. 둘은 말없이 한동안 서로를 바라보고 있었다. 마침내 다라가 말했다.

"알겠어요 치노. 그럼 전 이만 가볼게요."

다라는 문 앞에서 돌아섰다. 치노가 다가와 돌아서는 다라의 손목을 잡았다. 그리고 책장 뒤 숨겨진 문 앞으로 가서 방문을 활짝 열었다.

🐻 🐻 🐻

그 안은 온통 초록색이었다. 상추뿐만이 아니었다. 다라로서는 이름도 알 수 없는 각종 풀과 열매들이 자라고 있었다. 방 전체가 온실처럼 꾸며져 있었다. 햇빛을 끌어들이는 거울이 있는 것은 물론이고 햇빛의 역할을 하는 전구가 빛을 내고 있었다. 천정에는 시간에 맞춰 물을 뿌려주는 기계도 작동되고 있었다. 하지만 방의 존재를 숨기기 위해서인지 외부로 난 창문은 커튼으로 가려져 있었다.

진한 초록색의 냄새가 훅 끼쳐왔다. 그 냄새가 다라를 어떤 기억으로 데려다주었다. 어린 시절의 기억. 흙을 밟았던 기억. 이런 냄새를 맡았던 기억. 엄마와 함께 채소를 수확하고 갓 딴 채소를 물에 씻어 그대로 입에 넣었던 기억. 어린 아기였을 때 다라는 분명 엄마와 함께 채소를 길러먹었던 것이다.

다라는 방 안으로 들어섰다. 그곳은 공기조차 다른 듯했다. 촉촉하고 싱그러웠다. 천정에서 뿌려지는 미스트 때문에 동화 속에라도 들어온 듯 방 전체에 옅게 안개가 끼었다. 꽃이 핀 식물도 있고 놀랍게도 달걀만큼 크고 붉은 열매를 맺고 있는 것도 있었다. 다라가 그 열매를 살짝 손끝으로 건드렸다. 뒤에 서 있던 치노가 말했다.

"먹어봐요, 다라."

다라가 돌아봤다.

"먹어도 괜찮아요. 나는 매일 먹는 것들이에요. 식물을 금지하는 건 바보 같은 짓이에요. 굿펠로가 하는 대표적인 거짓말이죠."

"나도 상추를 길러 먹었어요. 아리하에게도 주고요. 씨앗을 나눠주는 사람들한테 상추 씨를 받았죠."

다라가 말했다. 다라는 키가 50센티미터쯤 되는 어떤 식물 앞에 섰다. 줄기 끝에 새까맣고 작은 씨앗들이 촘촘히 붙어 있었다. 식물 밑동에는 깨끗한 종이가 둥글게 둘러져 있었다. 마치 씨앗이 떨어지면 받으려는 용도 같았다.

"당신이 씨앗을 나눠주는 사람들이군요."

치노는 대답하지 않았지만 다라는 그 의미를 알 수 있었다. 다라가 말을 이었다.

"어릴 때 우리 엄마도 식물을 길렀어요."

"씨앗을 나눠주는 사람들은 예전부터 있었어요. 어쩌면 당신의 어머니가 초기 멤버였을 수도 있죠."

"우리 엄마가요?"

"그들이 언제부터 활동했는지는 몰라요. 아마도 굿펠로가 식물 먹기를 금지한 그때부터였을 거예요. 세상에는 언제든 진실을 쫓는 사람들이 있기 마련이니까요."

"당신처럼?"

"그리고 당신처럼."

다라는 한숨을 내쉬었다.

"나는 아니에요. 나는 진실 같은 건 모르겠어요. 용기도 없고요. 내가 걱정하는 건 아리하예요. 아리하는 카타를 위해서라면 당장 캠프에 쳐들어가기라도 할 기세예요. 그 애는 캠프에 대해 알아본다고 미미까지 만났다구요. 아리하는 카타를 포기하지 못할 거예요."

"카타는……."

치노가 입을 열었다가 멈추었다. 망설임이었다.

"카타한테 무슨 일이 있나요? 카타 소식을 알고 있어요?"

치노가 입을 떼려는데 갑자기 벨이 울렸다.

치노의 집 벨을 누른 사람은 놀랍게도 나나였다. 현관 모니터 화면에 그녀의 굳은 얼굴이 떠올라 있었다. 다라와 치노는 당황한 얼굴로 마주 보았다. 다라가 속삭였다.

"설마 파일을 복사해간 걸 들켰을까요?"

"일단 숨어요. 내가 어떻게든 해볼게요."

다라는 방 안으로 숨고 치노는 인터폰을 들었다.

"나냐? 이 시간에 무슨……."

말을 마치기도 전에 나냐는 굳은 목소리로 말했다.

"문 열어요, 치노."

"무슨 일이신지 모르겠지만 내일 학교에서 말씀하시면 안 될까요?"

"다라!"

나냐가 갑자기 큰 소리로 다라를 불렀다. 숨어 있던 다라는 자신을 부르는 소리에 깜짝 놀랐다.

"다라, 아리하가 걱정되지 않아요?"

'아리하'라는 말에 즉각 다라가 뛰쳐나왔다. 치노가 말릴 틈도 없이 다라는 잠긴 현관문을 열었다. 언제나처럼 완벽하게 차려입은 나냐가 들어섰다. 나냐는 혼자였다.

"아리하한테 무슨 일이 있어요?"

"아리하는 잘 있어요. 걱정하지 말아요, 다라."

"그 애는 당신을 만나러 갔는데. 아리하는 지금 어디 있어요?"

"당신 딸이 나를 만나는 동안 당신과 치노, 두 사람은 내 사무실에 들어가 내 자료들을 훔쳤죠. 그런 짓을 하고도 무사할 줄 알았어요?"

"아리하는 어디 있냐고요!"

다라는 두려움으로 몸이 떨렸다. 나냐는 무엇을 알고 있을까? 또 무엇을 알고 싶어서 온 것일까? 아리하를 인질로 잡아놓으면서까지 나냐가 원하는 것은 무엇일까? 나냐가 다라의 눈을 똑바로 쳐다봤다.

"카타는 어디 있죠?"

카타라니? 다라 역시 간절히 알고 싶은 게 바로 그것이었다. 카타는 어디 있지?

회사로 찾아온 보안국 요원들도 카타에 대해 물었었다. 다라는 고개를 저었다.

"나는 카타가 끌려가는 걸 봤어요. 그뿐이에요. 그 뒤의 일은 아무것도 몰라요."

"당신은 카타가 끌려갔다고 표현하는군요."

다라가 주먹을 꽉 쥐었다.

"그럼 뭐라고 말해야 하죠? 그놈들이 카타의 양팔을 붙잡고 움직이지 못하게 했어요. 아이가 질질 끌려가면서 비명을 지르는데도 그놈들은 무자비하게 아이를 차 안으로 처넣었다고요. 카타가 신나게 춤이라도 추면서 따라간 줄 아세요?"

나냐가 다라를 무시하고 치노 쪽으로 고개를 돌렸다.

"당신은 그때 왜 거기에 있었죠?"

"저는 우연히 현장을 지나쳤을 뿐이에요."

"우연히 거기 있었군요. 카타가 끌려갈 때, 우연히."

나냐는 집안을 둘러봤다. 나냐의 시선이 위장 책꽂이에 이르자 치노와 다라는 숨을 삼켰다. 책꽂이를 쳐다보는 채로 나냐는 말했다.

"카타는 하교 후 오후 세 시 경에 레스큐의 검문을 받았어요. 정확하게는 세 시 사 분이죠. 그때 현장에 있던 사람은 아리하와 다라, 당신이었고요. 당신은 레스큐에게 감히 저항했죠. 카타를 데려가지 못하게 붙들고 늘어졌어요. 아름답지 못하고 거친 말을 내뱉었고 레스큐를 공격했죠. 그것만으로도 다라, 당신은 처벌받을 수 있어요. 모두 당신을 혐오스럽게 바라봤죠. 하지만 레스큐는 임무를 수행했어요. 카타가 앰뷸런스에 탄 시간이 세 시 십육 분. 당신들은 무려 십이 분 간이나 저항했네요. 그리고 치노, 당신이 달려왔어요. 연락이라도 받은 것처럼. 그리고 정확하게 이십 분 후 카타는 사라졌죠."

카타는 사라졌다! 카타는 지금 캠프에 없다! 카타에게 정말로 어떤 일이 일어난 것이다.

"레스큐의 앰뷸런스가 메인 스트리트를 벗어나서 이면도로로 접어드는 순간 작은 접촉사고가 일어났어요. 모터사이클이었다고 하더군요. 레스큐들이 차에서 내려서 사고 처리에 한눈을 파는 순간 또 한 대의 모터사이클이 나타났어요. 두 번째 모터사이클은 카타를 싣고 사라졌죠. 레스큐들이 당황해 카타를 실은 모터사이클을 쫓는 사이 처음 사고를 일으켰던 모터사이클도 사라졌고요."

다라는 그제야 경찰이 자신을 찾아와서 집요하게 카타에 대해 물었던 것이 납득이 되었다. 그들은 사라진 카타를 찾고 있었던 것이다. 아마 다라와 아리하를 먼저 의심한 모양이었다. 다라는 치노를 바라보았다. 치노는 알고 있었나? 카타가 사라졌다는 걸? 학부모 간담회가 있던 날, 치노가 다가와 '카타는 잘 있을 것'이라고 했던 말이 기억났다.

"카타를 데려간 자들은 길목에서 카타를 기다리고 있었어요. 카타가 그 시간에 검문을 받았다는 건 당신들만 알고 있었죠. 충분히 수상하지 않나요?"

"아니에요. 그 현장을 본 사람이 한둘이 아니었어요. 사람들이 잔뜩 몰려들었다고요."

다라가 맞섰다. 나냐가 '흐음' 하는 소리를 냈다.

"그 사람들에게 다라 당신은 뭐라고 했나요? 증언이 한두 건이 아니에요. 당신은 의심을 살 만한 행동을 했어요. 당국은 당신들에 대해 좀 더 알고 싶다고 하더군요. 그건 나도 마찬가지고요. 그래서 당신들을 좀 지켜봤어요. 물론 아리하도요. 아리하가 나를 학교 밖으로 유인해낸 사이 당신이 학교로 들어갔더군요. 그렇게 놀라지 말아요. 경비원이 오직 경비를 서기 위해 거기 있는 걸까요? 그 사람은 결국 나를 위해 일하죠."

다라는 자신에게 눈인사를 하던 경비원을 떠올리고 신음소리를 냈다. 나냐는 이곳저곳을 둘러보며 천천히 걷기 시작했다.

"아리하가 많이 변했어요. 수업에 집중하지 못하고 계급 심사고 뭐

147

고 관심도 없는 것 같고요. 물론 그렇게 된 데에는 보호자 탓이 크죠. 아리하는 치유자인 미미를 만나러 가기까지 했어요. 물론 당신이 시킨 일이겠죠?"

"말도 안 되는 소리 하지 말아요! 아리하는 그냥 카타를 걱정하고 있을 뿐이에요. 캠프에 입소했다 하더라도 사랑하는 사람들과 연락할 수 있게만 해줬더라면 이런 일이 없었을 거예요. 애초에 그 빌어먹을 캠프란 데가 문제라고요."

나냐가 고개를 설레설레 저었다.

"그런 말을 하다니. 내가 시민위원회의 중앙위원이라는 사실을 잊었나요? 당신을 고발할 수도 있어요. 그럼 아리하는 어떻게 되겠어요?"

다라는 폭발했다.

"아리하를 건드리면 가만히 안 둘 거야!"

"아리하가 무사하길 바라면 말해요. 카타는 어디 있어요?"

"카타는 몰라! 모른다고요."

다라는 치노를 봤다.

"치노? 카타는 어디 있죠?"

치노는 대답하지 않았다.

"한 번만 더 물을게요. 카타는 어디 있어요?"

"몰라요 난."

그러자 나냐는 다라를 보고 말했다.

"미안해요. 다라. 소중한 당신 딸을 이제 못 보게 되겠네요."

나냐가 뒤돌아 떠나려 했다. 다라는 뒤에서 달려들어 나냐의 머리 칼을 움켜 쥐었다.

❈ ❈ ❈

그 시간, 아리하는 나냐의 집에 있었다. 외부의 살롱에서 아리하를 만난 나냐가 아리하를 이곳으로 데려온 것이다.

살롱의 밀실에서 아리하는 나냐를 최대한 오래 잡아놓기 위해 온갖 하소연을 하며 눈물을 짜냈다. 나냐는 참을성 있게 들어주었다. 이제 할 얘기도 다 떨어졌을 무렵 나냐는 잠시 전화를 받으러 나갔다 들어오더니 아리하에게 말했다.

"엄마랑 만나기로 했니, 아리하?"

아리하는 크게 당황했다.

"네? 아뇨? 저는……."

"하지만 다라에게서 연락이 왔는걸? 너를 좀 데려다달라고 말이야."

아리하는 영문을 알 수 없었지만 나냐의 말을 들을 수밖에 없었다. 어디서 일이 꼬인 걸까? 엄마가 들켰을까? 하지만 나냐의 태도에서는 아무것도 눈치챌 수가 없었다.

나냐가 아리하를 데려간 곳은 낯선 집이었다. 크고 높은 대문 앞에 차가 섰다.

"여기가 어디예요?"

"내 집이야."

"엄마가 여기 계세요?"

"좀 이따 여기로 오시기로 했어."

아리하는 조심조심 안으로 들어섰다. 크고 화려한 집이었지만 나나는 이곳에 혼자 살고 있다고 했다. 집은 주인을 닮아 완벽하게 꾸며져 있었다. 바닥부터 온통 하얀색인 벽면, 한눈에 봐도 관리가 잘되어 있는 가구와 반짝거리는 장식들까지. 어디에도 먼지 한 톨 없었다. 모든 것이 질서정연했고 소리까지 완벽하게 통제되는 듯 이상하리만큼 조용했다. 나나는 아리하를 2층으로 데리고 올라갔다.

"여기서 기다리고 있어, 아리하. 곧 돌아올게."

나나는 낯선 방에 아리하를 두고 떠나버렸다. 아리하는 처음 얼마간은 얌전히 기다렸다. 일이 어떻게 되었는지 확신할 수 없으니 기다릴 수밖에 없었다. 엄마가 위험할지도 모르니 섣불리 행동해선 안 된다고 자신을 다독였다. 하지만 시간이 흘러도 집 안에서는 아무 기척도 느낄 수 없었다. 대체 나나는 어디 간 거야? 엄마는 어디 있고?

조심스레 방문 쪽으로 다가간 아리하는 손잡이를 돌려보고는 방문이 잠긴 것을 알았다. 이런 젠장! 나를 가둬두다니. 아리하는 손잡이를 흔들고 방문을 쾅쾅 두들겼다. 하지만 아무 반응도 없었다. 집은 비어있는 듯했다.

아리하는 초조해졌다. 나를 가둬두고 나냐는 엄마를 어떻게 할 생각일까? 가만히 앉아 있을 수만은 없었다. 아리하는 탈출할 방법을 찾아보며 방 안을 빙빙 돌았다. 화려하지만 평범한 방이었다. 가죽 프레임의 작은 침대가 있었고 복잡한 조각 장식이 있는 원형 테이블이 하나, 푹신해 보이는 일인용 안락의자가 하나 있었다. 그리고 덧창이 달린 큰 창문이 정원 쪽으로 나 있었다.

아리하는 창문을 열고 밖을 내다보았다. 이곳은 2층이었다. 뛰어내릴 수 있을까 아래를 내려다보았지만 도저히 엄두가 나지 않았다. 아래는 단단한 돌바닥이었다. 운이 좋아 죽지는 않는다 해도 어디 하나 부러질 게 분명했다. 아리하는 밖으로 상체를 죽 내밀어보았다. 옆으로 아리하가 있는 방과 똑같은 크기의 창문이 보였다. 외벽의 벽돌 틈을 잡고 매달려 가면 저기까지는 갈 수 있지 않을까? 채 3미터도 안 되어 보이는데. 무모한 생각이었다. 옆방 창문이 안에서 잠겨 있을지도 몰랐다. 그러나 아리하는 더 주저하지 않고 창문을 넘었다.

🐻 🐻 🐻

다라에게 머리카락을 잡힌 나냐는 휘청거렸다. 치노가 달려들어 다라를 만류했다.

"이러지 말아요, 다라. 이건 도움이 안 돼요."

"아리하를 어쨌어? 이 망할 년!"

다라는 이성을 잃었다. 치노가 나냐의 머리카락에서 다라의 손가락을 억지로 떼어냈다. 뒷모습을 보인 채 휘청거리던 나냐는 몸을 꼿꼿이 했다. 헝클어진 머리카락을 다시 매만졌다. 어깨를 치올리며 한껏 크게 한숨을 쉰 나냐는 다라 쪽으로 돌아섰다. 놀랍게도 나냐의 눈에 눈물이 고여 있었다. 나냐는 눈물을 담은 눈으로 다라와 치노를 번갈아 보았다. 그리고 치노에게 다시 작은 소리로 물었다. 그 목소리가 간절하게 들렸다.

"치노. 그것만 말해줘요. 카타는 살아있나요?"

다라도 치노를 보았다. 한동안 대답이 없던 치노가 작게 고개를 끄덕이는 것을 보고 다라는 또 한 번 경악했다. 카타에 대해 알고 있었어? 치노가 카타를 빼돌렸나?

"카타는 무사해요, 나냐."

치노가 차분한 목소리로 말하자 나냐의 눈에 고였던 눈물이 주르륵 흘러내렸다.

❈ ❈ ❈

아리하는 쿵, 하고 창문에서 방 안으로 뛰어내렸다. 다행히 옆방의 창문은 잠겨 있지 않았다. 외벽 벽돌에 쓸려 손바닥과 무릎에서 피가 나고 있었다. 소중하게 가꾸었던 손톱이 다 부러지고 엉망진창이 되었다. 그러나 지금의 아리하에겐 전혀 중요한 일이 아니었다. 외모를 치장하는 데 목숨을 걸고 손끝, 발끝, 머리카락 끝에 영양을 주고 색깔을 넣고 반짝이는 장식을 하던 일들이 아주 먼 옛날처럼 느껴졌다. 돌바닥으로 추락해 죽을 수도 있는 일을 겪고 나면 웬만한 일은 사소하게 느껴진다. 팔다리에 난 작은 상처도 우스웠다.

옆방도 아리하가 갇혔던 방과 비슷하게 꾸며져 있었다. 대체 이 집은 방이 몇 개일까 생각하며 아리하는 서둘러 문 밖으로 나갔다. 복도는 조용했다. 온 집 안 전체가 조용했다. 나냐는 어딜 간 걸까? 아니면 아직 이 집 안에 있을까?

아리하는 조심스럽게 계단을 내려갔다. 집 안이 너무 조용해서인지 계단은 유난히 삐걱거리는 소리를 내는 것 같았다. 아리하는 한 발자국 내딛고 주변의 소리에 귀를 기울이고 또 한 발자국 내딛고 귀를 기울였다.

그때 아리하는 어떤 소리를 들었다. 자신의 발자국 소리가 아닌 다른 소리였다. 착각이었나 싶어 다시 움직이려는 순간 그 소리가 또 들렸다. '차르륵' 하는 소리? 아니면 '사라락' 하는 소리. 옷감이 스치는 것 같은 소리였다. 소리는 1층에서 나는 것 같았다. 아리하는 계단을 다 내려갔다. 이대로 도망쳐야 할까? 아니면 집을 더 살펴봐야 할까? 엄마는 교장실에서 무사히 사진들을 입수했을까? 나냐는 왜 거짓말을 하고 자신을 가두어둔 걸까? 그때 또 소리가 들렸다.

아리하는 신중하게 소리의 진원을 찾아갔다. 1층 홀의 안쪽, 제일 구석진 곳에 양쪽으로 열게 되어 있는 여닫이문이 있었다. 소리는 그 안에서 나는 것 같았다. 아리하는 문에 귀를 가져다 대고 안에서 나는 소리에 귀를 기울였다. 조용했다. 착각이었나 싶어 돌아서려는 순간 다시 작은 소리가 들렸다. 망설이던 아리하는 심호흡을 한 번 하고 문을 조심스럽게 잡아당겼다.

방이라고 생각했던 곳은 붙박이장이었다. 안에는 온갖 화려한 옷들이 가득 걸려 있었다. 나냐가 학교 행사 때나 TV 토론에 출연할 때 입었던 각 잡힌 수트와 파티에 입고 갈 만한 드레스들이 줄줄이 걸려 있었다. 보석 장식이 달린 옷들, 은사와 금사가 섞여 반짝이는 옷들이 많아 옷장 전체가 환한 느낌이었다. 아까의 들린 소리는 이 옷감들이 스치는 소리였나?

아리하가 옷을 살펴보는데 이번에는 밖에서 분명한 소리가 났다. 대문이 열리는 소리. 자박자박 여러 명이 마당을 밟는 소리. 누군가 집에 들어온 것이다. 나냐가 돌아온 것이 틀림없었다.

아리하는 드레스들을 밀치고 안으로 들어갔다. 서둘러 옷장 문을 닫았다. 조명 없는 옷장 안은 캄캄했다. 아니, 완전히 캄캄하지는 않았다. 옷장 안에서 아리하는 무언가를 보았다. 옷장 안쪽으로 네모난 무엇이, 빛이 새어 나오는 사각형이 보였던 것이다. 그것은 옷장 안에 있는 또 하나의 문이었다. 밖에 도착한 사람들은 이제 현관문을 열고 집 안으로 들어섰지만 아리하는 그것과 상관없이 빛이 새어 나오는 또 하나의 문을 열어젖혔다. 순식간에 펼쳐진 광경 때문에 아리하는 그 자리에 주저앉고 말았다.

🐻 🐻 🐻

나냐의 집에 들어선 사람은 나냐와 다라, 치노 세 사람이었다. 나냐가 말했다.

"보여줄 게 있어요."

나냐는 성큼성큼 걸어 1층 안쪽의 붙박이장으로 갔다. 다라와 치노가 따라갔다. 나냐는 주저하지 않고 문을 열었다. 붙박이장 안에 촘촘히 걸려 있는 드레스들을 한쪽으로 밀어서 치웠다. 안에 있는 또 다른 작은 문이 나타났다. 나냐가 그 문을 활짝 열자 마법 같은 광경이 드러났다. 모두가 얼어붙은 와중에 가장 먼저 발을 뗀 건 다라였다.

"아리하!"

다라가 소리쳤다. 안에 아리하가 있었다. 아리하는 혼자가 아니었다. 아리하 옆에는 놀라 눈을 크게 뜬 노파 하나가 있었다. 노파는 한눈에 보기에도 심각한 비만이었다. 비만 때문인지 아니면 관절에 다

155

른 이상이 있는 건지 몰라도 휠체어 신세를 지고 있었다. 노파는 얼굴뿐 아니라 목이며 팔이며 드러난 곳마다 살가죽이 늘어나 처져 있었다. 나냐가 말했다.

"우리 엄마예요. 이 방에서만 생활한 지 벌써 칠 년째예요."

나냐의 집 깊숙한 곳 은밀히 감춰진 방에 레스큐와 세상의 눈을 피한 비만인 하나가 숨어 살고 있었던 것이다.

나냐는 처음에 엄마가 뚱뚱해지기 시작했을 때는 자신이 해결할 수 있다고 믿었다. 나냐가 늘 주장하는 대로 탐욕을 절제하고 자기관리만 철저히 해나간다면 얼마든지 해결할 수 있는 작은 문제라고 생각했다.

그러나 나냐의 엄마는 나날이 체중이 늘어갔고 곧 캠프 입소 기준점을 넘었다. 가족 중 캠프에 가게 되는 사람이 있다는 건 나냐의 명성에 치명적인 타격이 될 수 있었다. 그렇게 될 때까지 남은 가족은 뭘 했느냐는 비난에서 자유로울 수 없기 때문이다. 나냐가 S계급이기 때문에 비난은 더 거셀 터였다. 시민위원회의 중앙위원 자격을 박탈당할지도 몰랐다.

나냐는 엄마를 집에 가둬둔 채 혹독한 식이 통제를 시작했다. 깊숙한 곳에 비밀 방을 만들어 그곳으로 거처도 옮겼다. 사람들과 단절되자 나냐의 엄마는 우울증이 심해졌고 오히려 문제는 더 심각해졌다.

나냐는 물론 자신의 사회적 명성과 계급을 유지하기 위해 엄마를 감추었다. 그렇지만 그 이유만 있었던 것은 아니다. 나냐는 엄마를 사랑했다. 물론 나냐의 엄마도 나냐를 사랑했다. 나냐가 어린 시절, 나냐의 엄마는 딸을 S계급으로 만들기 위해 집 안에서 머리 위에 물 잔을 올려놓고 걷게 하고 어떤 간식도 허용하지 않으며 엄하게 굴었지만 그것은 나냐를 사랑해서였다. 나도 그것을 사랑이라고 믿었고 그 밖의 다른 사랑법은 몰랐다. 엄마와 떨어져 사는 삶을 나냐는 상상할 수 없었다. 아름다웠던 엄마는 늙고 뚱뚱해졌지만 그렇다 해도 엄마가 아닌 것은 아니었다. 나냐가 자신의 명성만을 생각했다면 아예 엄마와 연을 끊는 방법을 택할 수도 있었다. 그렇지만 나냐는 그렇게 하지 않았다. 대신 계속 다른 방법을 찾아보았다.

"캠프는 믿을 수 없었죠."

나냐가 자기 입으로 그렇게 말했다. 캠프에서 나온 치유자들이 가짜라는 걸 나냐는 당연히 알고 있었다. 나냐는 그 치유자들과 같은 쇼에 출연한 적도 많았고 나냐의 강연에 치유자들을 부르기도 했었기 때문이다.

"치유자들은 예전 뚱뚱했던 시절의 사진을 보여주곤 하지만 그들이 같은 사람이 아니라는 건 한눈에 알 수 있어요. 비슷한 사람을 골랐지만 손톱이나 귀 모양은 자세히 보면 다르거든요."

"하지만 교육 영상을 만들고 쇼를 만드는 제작진이 한두 명이 아니잖아요. 어떻게 그 많은 사람들을 다 속일 수가 있죠?"

나냐의 말이 믿기지 않는다는 듯 아리하가 나서서 물었다.

"반드시 속일 필요는 없어요. 말은 안 해도 아마 다들 알고 있을걸요? 그 사람들은 그냥 그게 직업일 뿐이에요. 시키는 대로 주어진 일을 하는 거죠. 의문을 제기하고 진실을 파헤친다고 해서 그게 자신에게 무슨 이득이 있죠? 치유자로 나오는 사람도 돈을 받고 연기하는 사람일 뿐이고 프로그램을 만드는 사람들도 돈을 받고 자기 일을 하는 거예요. 그들이 진짜 치유자인지는 아무도 관심 없어요."

"당신은요? 나냐 당신이 가장 열심히 그 일을 했잖아요? 당신은 돈 때문인 것도 아니잖아요. 그 많은 강연, 토론회에서 당신이 한 말은 다 뭐였어요?"

"나는 거짓말을 한 게 아니에요. 치유자는 거짓이지만 그건 사람들을 옳은 길로 이끌기 위해 어쩔 수 없이 쓴 편법 같은 거죠. 가장 고귀한 가치는 아름다움이라는 내 신념은 변함이 없어요. 아름다움을 추구하는 것은 인간의 의무죠."

"그럼 당신 어머니는? 당신은 의무를 저버린 어머니를 왜 감싸고 있죠?"

다그치는 다라의 말에 나냐는 대답하지 못했다. 나냐 역시 혼란 속에 있었다. 나냐는 인간 전체의 아름다움을 위해서는 일부의 희생도 불가피하다고 생각했지만 그 희생이 자기에게 닥쳐오리라고는 상상도 못 한 것이다. 나냐는 캠프는 믿을 수 없다는 말만 반복했다.

나냐는 그래서 카타의 행방을 찾고 있었던 것이다. 나냐 역시 씨앗을 나눠주는 사람들에 대해 듣고 있었다. 그에 더해 근래 들어 시티 곳곳에서 캠프 입소자들이 입소 도중 사라지는 일이 발생한다는 것도 알게 되었다. 철저하게 통제된 정보였지만 중앙위원인 나냐가 그 정도 정보에 접근하는 건 쉬운 일이었다. 카타가 어디로 어떻게 사라졌는지 안다면, 카타가 무사한지 확인만 된다면 자신의 엄마도 이 지긋지긋한 감금 생활을 끝낼 수 있을지도 모른다고 나냐는 생각했다.

"카타는 어디 있죠? 안전하게 있나요? 엄마를 카타가 있는 곳에 데려다줄 수 있나요?"

치노는 나냐에게 방법을 찾아보겠다고 말했다.

"카타가 캠프에 없는 게 확실하다면 입소 과정에서 구출돼서 안전한 곳으로 옮겨졌을 거예요. 하지만 구체적인 건 나도 몰라요. 조금만 기다려요. 나냐 당신의 어머니를 캠프에 입소시키지 않고 여기서 빼낼 방법이 있을지 알아볼게요."

※ ※ ※

다라와 아리하는 집으로 돌아왔다. 자연스럽게 치노도 동행했다.

"나냐를 믿어도 될까요?"

다라의 물음에 아무도 쉽게 대답할 수 없었다.

"치노 선생님, 카타는요? 어디 가면 카타를 만날 수 있어요?"

아리하는 기대와 걱정으로 가슴이 뛰었다. 치노는 그런 아리하를 진정시켰다.

"나도 몰라, 아리하. 씨앗을 나눠주는 사람들은 점조직으로 연결되어 있어. 각자 자신의 일을 하면서 단 한 사람하고만 접촉하지. 하지만 서로 믿고 있어. 카타는 안전하게 있을 거야."

"안전하다는 말만 하고 만날 수 없다면 캠프에 있는 것과 뭐가 달라요?"

"만날 수 있어. 곧 만날 수 있게 될 거야. 조금만 기다려, 아리하."

다라가 다시 치노에게 물었다.

"나냐의 엄마를 카타가 있는 곳으로 데려갈 건가요?"

"그 전에 나냐를 확실히 믿을 수 있을지 알아봐야겠죠. 나냐가 엄마를 미끼로 카타가 있는 곳을 알아내서 고발하려는 것일 수도 있으니까요."

"설마! 그런 끔찍한……."

"최악을 가정해보는 겁니다."

아리하가 끼어들었다.

"나냐에게 캠프를 알려달라고 해요."

치노와 다라가 아리하를 쳐다봤다.

"나냐는 중앙위원이잖아요. 캠프가 어디 있는지 알고 있을 거예요.

캠프를 알려주면 나냐의 엄마를 구해주겠다고 말해요."

불안해진 다라가 아리하를 만류했다.

"아리하, 너는 어른들 일에 끼어들지 않는 게 좋겠다."

"카타의 일인데 이게 어떻게 어른들 일이에요?"

치노가 중재에 나섰다.

"나쁘지 않은 제안이에요. 나냐가 이 일에 얼마나 협조하는지를 보면 나냐를 믿을 수 있을지도 알게 되겠죠. 아무튼 가장 수상한 건 캠프니까요."

다라는 아리하를 걱정스럽게 바라보았다. 하지만 아리하는 카타를 만날 수 있을지 모른다는 기대로 가슴이 부풀어오를 뿐이었다.

11

티끌 한 점 없이 빛나는 나냐의 은빛 세단에 나냐, 치노, 다라, 아리하 네 사람이 타고 있었다. 네 사람은 거리 모퉁이에 차를 세우고 검문 중인 레스큐 차량을 지켜보고 있었다.

근처 쇼핑센터에서 살집 있는 젊은 남자가 커다란 종이봉투를 들고 나오는 것이 보이자 차 안의 네 사람은 긴장했다. 아니나 다를까 레스큐는 종이봉투를 든 남자를 불러 세웠다. 지목을 받은 남자가 부들부들 떠는 모습이 차 안에서도 똑똑히 보였다. 레스큐가 사무적으로 남자에게 전극이 달린 손잡이를 건네자 남자는 소중하게 안고 있던 종이봉투를 바닥에 내려놓았다. 남자는 양손으로 손잡이를 잡고 계측을 받았다. 레스큐는 집게로 그의 뱃살을 집었다. 모든 것이 착착 진행되었다. 그 남자는 겉으로 보기에도 입소 대상자처럼 보였으니 계측은 요식행위일 뿐이었다.

잠시 뒤, 레스큐는 그를 차에 태우려 했다. 순순히 차에 오르던 남자가 갑자기 돌아섰다. 당황한 레스큐들이 그를 휘어잡고 무릎 뒷부분을 가격해 길바닥에 쓰러뜨렸다. 둔탁한 소리를 내며 넘어진 그를 레스큐들이 위에서 짓누르며 제압했다. 그는 기어서 도망치려 했다. 아니, 도망치려는 게 아니었다. 그는 계측을 받느라 땅바닥에 잠시 내려두었던 자신의 종이봉투를 가져가려는 것이었다.

종이봉투 안에 들어 있는 것은 아직도 김이 나는 따뜻한 빵이었다. 머리채와 뒷덜미를 잡힌 채 몸이 꺾여서 끌려가면서도 남자는 봉투 안에 있던 빵을 꺼내 입안에 욱여넣었다. 그 남자에겐 그 빵이 어쩌면 마지막 만찬일지도 모를 일이었다. 입안에 빵을 가득 문 남자를 태운 흰색 앰뷸런스가 떠났다. 거리에 마구 밟힌 빵조각들이 흩어져 있었다. 왠지 참혹한 광경이었다.

레스큐의 앰뷸런스가 떠나자 간격을 두고 나냐도 차를 출발시켰다.

"들키지 않게 조심해요."

치노가 말하자 누구에게 지시받는 것이 익숙지 않은 나냐는 끙 소리를 냈다.

앰뷸런스는 곧 시 외곽으로 빠졌다. 도로에 통행 차량이 드물어지자 시야에서 앰뷸런스를 놓칠 위험은 줄어들었지만 대신 미행을 들킬 위험이 커졌다. 치노는 몇 번이나 나냐에게 속력을 줄여서 좀 더 거리를 띄워야 한다고 잔소리했다. 그때마다 나냐는 브레이크를 밟았으나 그때뿐이었다. 아리하 생각에는 웬 차가 아무 이유 없이 속력을 줄였다 높였다 하며 따라오는 것이 훨씬 더 의심을 살 것 같았다.

아리하의 걱정대로였다. 도로 양편으로 황량한 들판이 펼쳐지고 지나는 차 한 대 없는 곳에 이르자 앞서가던 앰뷸런스가 갑자기 길가에 차를 세웠다. 레스큐 하나가 차에서 내리는 것이 보였다. 모두 긴장했다.

"어쩌죠?"

치노가 '그냥 지나가요'라고 했지만 레스큐는 이미 나냐의 차량에 정지 신호를 보내고 있었다.

나냐가 레스큐의 앰뷸런스와 좀 떨어진 곳에 차를 멈추었다. 차 안의 사람들은 바짝 얼어붙었다. 하지만 조수석에서 힐끔 나냐의 표정을 본 치노는 감탄할 수밖에 없었다. 나냐는 토론회나 회의에서 남들을 제압할 때 쓰곤 하는 S계급 중앙위원의 차갑고 도도한 표정을 짓고 있었다.

레스큐가 운전석 쪽으로 다가오자 나냐가 천천히 창문을 내렸다.

"어딜 가십니까?"

레스큐가 묻자 나냐는 날카로운 눈으로 레스큐를 쏘아보았다.

"그걸 왜 묻죠?"

레스큐는 예상치 못한 대답에 잠시 당황한 듯했다. 나냐는 외모가 범상치 않았으므로 나냐를 함부로 대하는 사람은 아무도 없었다. 나냐는 말없이 한동안 레스큐를 응시했다. '설마 나를 몰라요?'라고 그 표정이 말하고 있었다. 나냐는 얼굴 자체가 ID 카드나 마찬가지였다. 그녀는 예쁘고 유명하고 지위가 높으니까. 레스큐도 그녀를 알아본 듯 했다.

"이런 곳까지 웬일이십니까?"

"위원회 차원에서 현장 조사 중이에요. 다른…….."

나냐가 뒷자리의 다라와 아리하를 돌아보며 덧붙였다.

"시민들이랑 함께요."

"현장 조사라고 하시면?"

"캠프 입소 과정에 불미스러운 일이 발생했다는 이야기가 들려서요."

레스큐는 눈에 띄게 당황했다.

"어떤 보고를 받으셨습니까?"

"아, 공식 보고는 아니었어요. 하지만 내게도 정보는 있거든요. 중앙위원으로서 캠프 입소 루트에 어떤 위험요소는 없는지 둘러보러 나온 거예요."

"위험 요소는 없습니다. 정 걱정되신다면 위원회 차원에서 공식적으로 요청해주시기 바랍니다."

"현장 조사라는 건 불시에 해야 의미 있지 않나요?"

"아무리 시민위원회라고 해도 저희의 업무 수행 중에 이렇게 끼어드시면…….."

곤란하다고 말하려 했을 것이다. 하지만 레스큐 입장에서 봤을 때

정말 곤란한 일이 발생하고야 말았다. 레스큐는 몸이 휘청할 정도로 깜짝 놀랐다.

10여 미터 앞에 서 있던 앰뷸런스의 문이 활짝 열려 있었던 것이다. 레스큐는 앰뷸런스 쪽으로 급하게 뛰어갔다. 나냐의 차에 타고 있던 네 사람도 모두 내렸다. 앰뷸런스에 타고 있던 빵을 사랑하는 젊은 남자는 사라졌고 뒷자리는 텅 비어 있었다. 운전하던 다른 레스큐 하나는 운전대에 머리를 박고 쓰러져 있었다.

도로를 벗어난 들판에 움직임이 보였다. 입소 중이었던 젊은 남자가 수풀 사이를 뛰어 달아나고 있었다. 갑자기 굉음이 들렸다. 키 큰 수풀들 사이에 숨어 있던 모터사이클 두 대가 남자 쪽으로 빠르게 다가갔다. 캠프 입소자의 구출 장면이 눈앞에 펼쳐지고 있는 것이었다.

당황한 레스큐가 갑자기 총을 빼들었다. 치노는 깜짝 놀랐다. 언제부터 레스큐가 무장했지? 신체계측 경찰은 기본적으로 비무장이었는데. 레스큐는 이제 막 모터사이클에 올라타려는 남자의 등을 겨누었다. 다라가 비명을 질렀다. 순간, 치노가 레스큐에게 달려들어 팔을 꺾었다. '탕!' 소리가 났지만 총알은 누구도 맞추지 못하고 허공을 갈랐다. 치노와 레스큐 사이에 격투가 벌어졌다. 나냐와 다라가 어쩔 줄 몰라 허둥거리는 사이 아리하가 옆에 있던 커다란 돌을 집어 들었다. 아리하는 돌로 레스큐의 헬멧을 강하게 내리쳤다. '텅!' 하는 소리가 났고 레스큐가 쓰러졌다. 치노가 잽싸게 총을 빼앗아 레스큐를 겨누었다. 바닥에 쓰러진 레스큐는 꼼짝하지 않았다. 그 사이 입소자를 구출한 모터사이클은 멀리 사라졌다.

네 사람 다 잠시 멍했다. 침묵을 뚫고 나냐가 냉정하게 말했다.

"쏴요, 치노."

"뭐라구요?"

"쏘라고요. 우리 얼굴을 봤잖아요."

치노는 '씨앗을 나눠주는 사람들'이지만 훈련된 군인은 아니었다. 그는 굿펠로에 반대하는 평범한 시민일 뿐이었다. 치노가 주저하자 나냐는 치노의 손에서 총을 빼앗아 망설임 없이 헬멧에 방아쇠를 당겼다. 다라가 다급하게 아리하를 품으로 끌어당겼다. 레스큐의 헬멧에서 파열음이 들렸다. 총상을 입은 곳에서 작은 불꽃이 튀고 연기가 났다. 그러더니 헬멧 밑으로 맑은 액체가 흘러나왔다.

놀란 아리하가 속삭였다.

"저게 뭐예요?"

다라도 충격을 받았다.

"피……가?"

"……인간이 아니에요?"

하얀 제복, 하얀 부츠, 은빛 헬멧의 화이트 레스큐. 인간이라고는 믿을 수 없을 만큼 완벽한 체형을 가진 그들. 정말로 인간이 아니었나?

치노는 레스큐 옆에 꿇어앉았다. 헬멧을 벗겨보려 했지만 벗겨지지 않자 미러로 된 창 부분에 눈을 대고 안을 들여다보았다.

"아무것도 안 보여요."

운전대로 다가가 다시 총을 겨누고 있는 채로 나냐가 말했다.

"그만해요 치노. 그건 헬멧이 아니에요."

무슨 말인지 몰라 모두 멍하니 나냐를 쳐다봤다.

"그것 자체가 머리인 것 같아요."

🐻 🐻 🐻

그들은 쓰러진 레스큐를 앰뷸런스에 옮겨 싣고 앰뷸런스를 도로 옆의 수풀 안에 숨겼다. 앰뷸런스 안에 있던 무기를 챙겨 나냐의 차에 옮겨 실었다. 재빨리 일을 처리하는 동안 아무도 말을 하지 않았다.

그들은 다시 출발했다. 어차피 길은 외길이었다. 침묵한 채로 달리는 동안 도로 옆의 숲은 점점 울창해졌고 길은 점점 지저분해졌다. 늘 물청소를 해서 반들반들 깨끗하게 유지되는 파인 시티 시내의 도로와는 달랐다. 차 앞으로 먼지가 풀풀 날렸다. 처치해버린 레스큐보다도 나냐의 마음을 더 심란하게 만드는 것이 차를 더럽히는 먼지였다. 강박적으로 청결을 유지하는 나냐에게 이런 일은 처음이었다.

일행의 차는 나냐의 위원회 신분증을 내보이며 몇 번의 검문소를 통과했다. 점점 시티의 경계 가까이 가고 있는 모양이었다.

결국 도로의 끝에 다다랐다. 거대한 철조망이 도로를 가로막고 있었다. 자동소총이 장착되어 있는 망루. 돌아가는 감시 카메라. 철조망을 지키는 푸른 제복과 헬멧으로 무장한 치안유지대원들이 보였다.

"이곳은 시티의 경계입니다. 이곳을 넘어갈 수 없습니다."

나냐는 위원회 신분증을 내보였다.

"위원님을 들여보내라는 어떤 연락도 받지 못했습니다."

"나는 중앙위원 자격으로 은밀히 조사 작업을 진행하는 중이에요."

"민간인은 그 어떤 이유로도 이곳을 통과할 수 없습니다."

"이 너머에 캠프가 있는 건 확실한가요?"

"그것은 보안사항입니다, 위원님."

모두 침묵했다. 방법이 없어 보였다. 차 안의 그들은 더 이상 어쩌지 못하고 일단 그곳을 돌아 나왔다. 도로를 되짚어 돌아오며 나냐는 어깨를 으쓱했다.

"이제 어쩌죠?"

시민위원회 중앙위원의 권세로도 이곳을 뚫을 수 없는 것이 분명해 보였다. 몇 번의 검문소를 거치면서 시티의 경계까지 오는 것만도 나냐의 힘이 아니면 불가능했을 것이다. 다라가 말했다.

"도로를 버리고 숲으로 가요. 숲은 아무도 지키는 사람이 없어요."

"숲에 가본 적 있어요, 다라?"

나냐가 물었다. 다라는 상추를 키울 흙을 구하러 갔던 일을 떠올렸지만 그런 이야기까지 할 필요는 없을 것 같았다.

"그럴 일이 있었어요."

나냐는 차를 도로 옆 수풀로 몰았다. 갈 수 있는 곳까지는 차로 움직일 생각이었다. 가느다란 나뭇가지들이 차 유리창을 긁고 차바퀴 밑에서 돌이 튀었다. 더 이상 차가 들어갈 수 없는 곳까지 가자 그들은 모두 차에서 내렸다. 나냐는 엉망이 된 자동차의 모습을 보고 괴로워했다.

"세상에. 너무 끔찍해요."

넷은 시티의 경계 쪽으로 방향을 잡고 숲길을 걸었다. 나무에서 마른 잎 하나가 떨어져 머리카락에 붙어도 나냐는 강박적으로 털어냈다. 혼자 있을 때조차 한 번도 흐트러진 모습인 적이 없던 나냐로서는 당연한 일이었다. 길도 없는 숲을 걸어 네 사람은 계속 경계 쪽으로 전진했다. 여자들은 모두 하이힐을 신고 있었기 때문에 발걸음이 더뎠다. 파인 시티 여성 시민들은 어릴 때부터 누구나 하이힐을 신었다. 걷거나 뛰는 일도 드물었다. 이렇게 오래 숲길을 걷는 일은 모두들 난생 처음이었다. 다라가 먼저 하이힐을 벗었다.

"차라리 벗는 게 나아요. 발밑을 조심하면서 걸으면 돼요."

아리하도 구두를 벗었다. 발바닥에 흙과 낙엽과 작은 돌의 감촉이 한꺼번에 느껴졌다. 간지러우면서도 시원한 느낌이었다. 하지만 나냐는 하이힐에서 내려오지 않았다.

"난 이게 더 편해요."

걸음마를 시작하면서부터 높은 신발을 신었던 나냐로서는 틀린 말도 아니었다.

"저것 봐요!"

아리하가 소리쳤다. 숲 아래로 무언가 내려다보였다. 스산한 느낌의 회색 건물이었다. 건물 옥상에 총인지 카메라인지 알 수 없는 기계들이 여러 대 설치되어 있었다.

치노는 바닥에 풀썩 엎드렸다. 눈에 띄지 않게 건물을 살펴보려면 수풀 뒤로 몸을 숨겨야 했다. 다라와 아리하도 흙바닥에 엎드렸다. 나냐는 머뭇거렸다. 지저분한 흙바닥에 엎드린다는 건 S계급에게는 있을 수 없는 일이긴 했다. 아리하는 머뭇대는 나냐의 흰 스커트에 자신의 더러운 손을 쓱 문질러 닦았다. 나냐는 헉 숨을 들이켰다. 아리하가 빤히 쳐다보자 나냐는 마침내 포기하고 땅에 엎드렸다.

아리하가 말했다.

"창문이 없어요."

건물은 3층 정도의 높이였다. 층 구분이 확실히 되지는 않았다. 거대한 건물인데도 창문은 몇 개 되지 않았다. 그나마도 형식적으로 작게 뚫려 있었다. 건물 전체에서 나는 소음인 듯 낮은 진동음이 계속 '우웅우웅' 들렸다. 건물 여기저기에 냉각팬처럼 보이는 것들이 매달려 있었다. 건물 후면과 옥상에는 거대한 바람개비가 돌며 소음을 내고 있었다. 건물에는 문도 많지 않았다. 1층 한쪽에만 유리문으로 된 출입구가 있었고 그 옆으로 주차장 입구에나 있는 오버 헤드 방식 철제문이 줄줄이 늘어서 있었다. 사람보다는 차들이 더 많이 드나드는 걸까? 건물 앞에는 언뜻 보기에도 열 대가 넘어 보이는 크고 하얀 냉동 화물차가 주차되어 있었다. 차량 근처에는 아무 움직임이 없었다. 햇살이 냉동 화물차의 하얀 적재함 옆면에 부딪쳐 반사되었다.

"여기가 캠프일까요?"

"글쎄요, 생각한 것하고 많이 다르네요."

치노가 대답했다. 모두 같은 생각이었다. 다들 캠프는 병원이나 연구소와 비슷할 것이라고 생각했다. 그들의 선전에 의하면 캠프는 구조와 치유, 새로운 삶과 동의어였으니까. 그러나 눈앞의 캠프는 병원처럼 보이지 않았고 심지어 교도소처럼도 보이지 않았다. 많은 사람들이 먹고 자고 생활하는 공간일 텐데 캠프는 아무 활력이 없었다. 입소자들은 모두 어디 있을까? 모두 실내에서 조용히 절제의 삶을 견디고 있을까?

캠프 건물을 둘러싼 높은 담장이 보였다. 담장 위에는 수많은 감시 카메라들이 설치되어 있었다. 두터운 철문을 지키는 보안요원들도 보였다. 보안요원 외에 오가는 사람은 보이지 않았다. 하긴 보안요원들도 푸른 헬멧 속에 정체를 감추고 있으니 그들이 사람이라는 보장은 없었다. 레스큐의 실체를 보고 난 지금, 헬멧을 쓰고 있는 사람은 아무도 믿을 수 없었다.

"좀 더 가까이 가봐야겠어요."

그들은 바닥을 기다시피 해서 캠프 쪽으로 내려갔다. 조금 더 내려가자 다시 철조망이 나타났다. 이 철조망은 이들처럼 숲에서 캠프로 내려오는 사람들을 막기 위해 설치된 것 같았다. 아니 어쩌면 캠프에서 숲으로 도망치는 사람을 막기 위한 것일지도. 치노가 철조망을 올려다보았다.

"별로 높아 보이지 않네요. 넘어갈 수 있을까요?"

다라와 아리하가 동시에 나섰다. 다만 다라는 너무 위험하다며 나선 것이었고 아리하는 자기가 할 수 있다며 나선 것이었다. 다라가 아리하를 진정시키는 사이 나냐가 가까이 다가가서 철조망을 손으로 만져보려 했다. 치노가 날카롭게 제지했다.

"잠깐만요!"

나냐가 깜짝 놀라 어깨를 움츠리며 물러섰다. 치노는 바지의 허리띠를 풀더니 휙 철조망 쪽으로 던졌다. 허리띠의 버클이 철조망에 부딪치자 '파직!' 불꽃이 튀었다. 네 사람의 얼굴에 절망의 빛이 지나갔다. 전기가 흐르고 있다면 안으로 들어갈 방법은 없었다. 힘들게 여기까지 왔지만 캠프 진입은 실패했다. 캠프에 접근할 다른 방법을 찾아야 했다.

공식적인 발표는 없었지만 파인 시티에 경계령이 떨어졌다는 것은 누구나 알 수 있었다. 거리의 신체계측 경찰들은 전원 무장했다. 이전에도 그들이 친절했던 적은 한 번도 없었지만 무장한 레스큐들은 더 거칠어졌다. 이인 일조로 진행되었던 검문은 사인 일조로 강화되었다. 앰뷸런스는 무장 경찰차와 함께 움직였다. 레스큐뿐 아니라 무장한 치안유지대도 자주 볼 수 있었다. 거리에 총 든 사람들이 늘어나자 시티의 시민들은 외출 자체를 꺼렸다.

소문이 돌았다. '씨앗을 나눠주는 사람들'이 활동한다는 이야기, 가정에서 몰래 식물을 키워 먹고 있던 사람들이 체포되었다는 이야기가 퍼졌다. 캠프 입소자들이 사라지고 있다는 소문도 돌았다. 집 안에만 숨어 있는 비만자들을 찾아내기 위해 레스큐들이 가택수색을 한다는 이야기까지 돌자 시민들은 공포에 떨었다. 그에 비례해 시티의 선전구호는 더 강력해졌고 TV 토론자들이나 강연의 연사들은 더

욱 목소리를 높이며 흥분했다.

나냐는 건강 이상을 핑계로 대외활동을 중단했다. 학교에도 출근하지 않았다. 나냐는 하루 종일 집을 지켰다. 밤마다 무장한 레스큐들이 집에 쳐들어와 옷장 안에 숨은 어머니를 끌고 나가는 악몽에 시달렸다.

시티 전체가 바짝 얼어붙었다. 씨앗을 나눠주는 사람들은 좀 더 은밀히 움직여야 했다. 치노는 자신의 연락책에게 시티 탈출을 도와야하는 노부인이 있다고 보고 했지만 조금 더 기다리라는 대답을 받았다. 치노는 학교에 나가 아이들을 가르쳤고 다라는 푸드 팩토리에 출근했다. 아리하도 아무 일 없다는 듯 학교에 갔지만 수업에 집중하기도 친구들과 대화를 나누기도 어려웠다. 무언가 커다란 일이 닥쳐오고 있다는 불안감이 아리하를 짓눌렀다.

그날, 아리하는 점심시간에 엄마를 만나 함께 점심을 먹기로 했다. 아리하의 식이 이상을 걱정하는 다라는 모든 끼니를 아리하와 함께 먹으려고 노력했다.

아리하는 푸드 팩토리 앞에서 엄마가 나오기를 기다렸다. 직장인들이 점심을 먹으러 우르르 회사 건물을 나서는 모습이 보였다. 기다리고 있는 아리하에게 엄마의 직장 동료인 리가 다가왔다.

"아리하?"

"안녕하세요? 리 아줌마."

"다라가 지금 식재료 검수가 안 끝나서 오 분이나 십 분쯤 늦을 것 같대. 미안하다고 전해달라는데."

"알았어요. 엄마는 지금 어디 있는데요?"

"지하 주차장에 있을 거야. 식재료 차량이 그리로 들어오거든."

"네, 제가 주차장으로 가볼게요."

아리하는 푸드 팩토리의 주차장으로 갔다. 주차장은 무척 넓었다. 저쪽 끝에서 차량이 웅웅대는 소리가 들리고 사람들이 부지런히 물건을 옮기고 있었다. 흰 위생복을 입고 모자를 쓴 사람들이 바삐 움직이는 가운데 다라가 제품을 꼼꼼히 살피며 무언가 적어 넣고 있는 모습이 보였다.

다라 쪽으로 걸어가던 아리하는 어느 지점부터 점점 걸음이 느려졌다. 눈빛이 흔들리고 입이 벌어졌다. 무언가…… 어떤 풍경이 아리하의 의식을 때렸다. 다라가 일하고 있는 곳은 식품의 반입 반출 차량이 사용하는 주차 구역이었다. 거대한 냉동차량이 길게 늘어서 있었다. 차량의 지붕 위에는 냉각팬이 소음을 내며 돌아가고 있었다. 거대 식품 기업인 푸드 팩토리에서 사용하는 하얀 냉동 화물차들. 아리하는 멍한 표정이 되었다.

설마…… 설마 상상이겠지…… 이게 설마…….

그때 다라가 아리하를 발견하고 다가왔다.

"아리하, 잠시만. 이제 거의 다 끝났어."

아리하는 여전히 화물차만 바라보고 있었다.

"아리하?"

아리하는 겨우 정신을 차리고 말했다.

"엄마, 미안해, 점심은 엄마 혼자 먹어야겠어요."

"그게 무슨 말이야 아리하, 무슨 일 있니?"

"이따 집에서 봐요."

"아리하!"

다라가 불렀지만 아리하는 도망치듯 그곳을 빠져나왔다.

아리하는 거리를 뛰었다. 놀람, 흥분, 공포가 아리하의 두 다리를 움직였다. 발이 땅에 닿는지 허공을 딛는지도 모를 지경이었다. 두 블록 옆에 아빠인 창의 회사가 있었다.

아리하는 창의 회사 입구를 지나쳐 곧장 주차장의 달팽이 모양 진입로를 달려 내려갔다. 무릎을 짚고 헉헉거리다 고개를 들어 주차장을 살폈다. 여러 종류의 차들이 주차되어 있었다. 물론 다라의 회사 주차장에 있던 냉동 화물차도 있었다. 규모가 훨씬 작은 차였다.

연락을 받고 내려온 창은 아리하를 보자 걱정부터 했다.

"이 시간에 웬일이야? 아리하, 점심은 먹었니?"

아리하는 단도직입적으로 물었다.

"병원에서 냉동 차량을 쓰는 경우는 어떤 이유예요?"

"글쎄? 약제들이 온도의 영향을 받기 때문이겠지."

"모든 약들이 다 그래요?"

"모두 그런 건 아니야. 일상적으로 쓰는 약들이 온도 영향을 받으면 사고가 잦아서 안 되지. 온도를 관리해야 하는 약은 아주 일부일 뿐이야."

"아빠 회사에는 냉동차가 몇 대나 있어요?"

"아리하, 그 전에 왜 이런 이상한 걸 묻는지 아빠도 알아야겠어."

"그럴 일이 있어요."

아리하가 일어섰다.

"다음에 봐요, 아빠."

돌아 나오려는 아리하를 창이 붙잡았다.

"대체 무슨 일이야?"

"아무것도 아니에요."

"아리하. 요즘 무슨 짓을 하고 다니는 거야? 심사가 얼마 남지도 않았는데. 지금 네 꼴을 좀 봐."

아리하는 자신의 차림새를 내려다보았다. 카타의 입소 후 미미를 쫓고 캠프를 찾아다니며 아리하는 변했다. 계급 심사 따위는 안중에도 없었다. 규칙적으로 하던 전신 스크럽을 하지 않았고 메이크업도 하지 않았으며 식이 통제도 안 했고 옷도 편한 것을 입었다. 숲에 들어갔다 나온 후에는 하이힐도 신지 않았다. 외모를 위해 들이는 모든 노력이 우스워졌다.

"계급 심사요? 지금 그런 게 중요한 게 아니에요."

창은 화를 냈다.

"아리하! 어떻게 그런 말을 해? 네 인생이 달린 일이야."

아리하는 빨개진 얼굴로 창에게 소리쳤다.

"이런 인생 따위 살고 싶지도 않아요!"

놀라서 굳어진 창을 뒤로하고 아리하는 그곳을 뛰쳐나왔다.

🐻 🐻 🐻

아리하를 포함해 다라와 치노, 나냐 네 사람이 모였다. 모두 깊은 물속에 잠겨 있는 듯 갑갑하고 참혹한 심정이었다.

그들은 캠프를 찾아갔던 날을 다시 돌이켜보았다. 캠프는 일반인들의 접근을 철저히 통제하고 있었다. 애써 가까이 가서 본 캠프는 병원이나 합숙소라기보다는 거대한 공장처럼 보였다. 건물 전체가 거대한 냉장고인 것처럼 곳곳에 냉각팬이 돌아가고 있었다. 그들은 숲속에 숨어서 보았던 캠프의 주차장을 떠올렸다. 캠프 주차장에는 냉동 화물차만이 가득했었다. 하얀 냉동 화물차가 줄지어 늘어서 있었다.

"왜 냉동차가 필요하지?"

"냉장, 냉동하지 않으면 쉽게 상하는 것들을 옮겨야 하니까."

"쉽게 상하는 것들은 뭐가 있지?"

"식재료."

"그중에서도?"

"……고기?"

그렇다면.

우리를…… *먹는 거야?*

🐻 🐻 🐻

시티의 외곽 경계 철조망이 멀지 않은 도로 위에 냉동 화물차 한 대가 달리고 있었다. 이제 막 캠프를 떠난 차량이었다. 시티에 내려진 경계령 때문인지 무장 차량 한 대의 엄호를 받고 있었다. 무장 차량이 앞서고 간격을 약간 두고 냉동 화물차가 뒤따랐다. 도로의 양 옆으로 무성한 숲이 이어졌다.

숲 그늘이 유난히 짙은 구부러진 길을 지나자마자 달리고 있던 무장 차량 앞으로 갑자기 화염병이 날아들었다. 빙글빙글 돌며 날아온 화염병은 무장차의 앞 유리창에 맞아 퍽 하고 깨지며 보닛 전체에 불을 붙였다. 무장차 운전자가 놀라 핸들을 꺾는 틈에 더 많은 화염병이 날아들었다. 휘발유와 시너가 섞인 화염병의 위력은 즉각적이어서 차량 전체에 불이 붙었다. 도로 위에서도 불길이 타올랐다. 방향을 잃고 지그재그로 휘청거리던 차량은 길섶에 처박혔다. 곧 폭발이 뒤따랐다.

무장차를 뒤따르던 냉동차는 급브레이크를 밟으며 멈춰 섰다. 냉동차의 운전석 문이 벌컥 열리고 은빛 헬멧의 운전자가 뛰어내렸다. 그는 차를 버리고 도로를 되짚어 도망쳤다. 곧 마스크나 스카프 등으로 복면을 한 사람들 여럿이 수풀에서 뛰쳐나왔다. 무기를 든 사람이 몇 보였고 카메라를 들고 있는 사람도 있었다. 그들은 불타는 무장차는 내버려두고 냉동차로 몰려갔다.

냉동차의 적재함 문이 열렸다. 안에서 하얀 냉기가 쏟아져 나왔다. 복면한 사람들은 지체 없이 안으로 뛰어올라갔다. 냉동차 적재함 안에는 수십 개의 자루와 보냉 박스가 차곡차곡 쌓여 있었다. 그들은 망설임 없이 칼로 보냉 박스를 개봉했다. 뚜껑을 열자 안에는 진공 포장된 살코기들이 들어 있었다. 박스에 따라 냉장된 것도 있고 냉동된 것도 있었다. 살코기들은 부위별로 깔끔하게 나뉘어 있었고 내장도 마찬가지였다. 자루를 열었다. 자루에는 말끔하게 살이 발라진 뼈가 들어 있었다. 뼈도 부위별, 크기별로 분류되어 있었다. 그들은 안에 있는 내용물을 꺼내 바닥에 늘어놓으며 자신들이 보고 있는 모든 것을 사진과 영상으로 찍었다.

한 사람이 제일 안쪽에 있던 자루 하나를 열어보고는 참지 못하고 그 자리에서 구토를 했다. 다른 사람들이 가서 그 자루를 확인했다. 안에는 사람의 머리카락이 수북이 들어 있었다.

13

"진실은 굿펠로가 사람들을 잡아먹는다는 거예요. 그들은 사람을 식량으로 먹어요. 적당한 지방이 있는 고기가 최상급이겠죠. 질기지 않은, 그러니까 늙지 않은 비만인이 최고죠."

다라가 말했지만 나냐는 믿을 수 없다는 듯 고개를 흔들었다.

"그럴 리가…… 말도 안 돼요."

"그럼 왜 사람들을 잡아갔다고 생각해요? 잡아다 뭘 했다고 생각해요? 당신도 캠프 입소자가 다시는 돌아오지 않는다는 것을 알고 있잖아요?"

다라의 말에 나냐는 대답하지 못했다. 치노가 중얼거렸다.

"굿펠로가 인간의 포식자라는 얘기인가?"

나냐는 절박하게 말했다.

"굿펠로는 강한 무력으로 시티를 지배하긴 하지만 그를 지도자로 섬기고 그에게 협조하는 인간들도 많이 있어요. 굿펠로가 인간을 잡아먹는다는 걸 이제까지 아무도 몰랐을까요? 알고도 지금껏 가만히 있었을까요? 인간이 사자를 왕으로 모시고 사는 멍청한 토끼라고 생각하는 거예요?"

다라가 차분한 목소리로 대답했다.

"물론 인간은 사자에게 잡아먹히는 토끼들과는 달라요. 한없이 나약하기만 하지는 않고 무조건 순응하는 존재도 아니죠. 포식자가 인간들을 사냥해야만 했다면, 인간과 끊임없이 싸워야만 했다면 그런 생태계의 지속은 가능하지 않았을 거예요. 인간은 끊임없이 저항했을 테고 마침내는 이겼을 거예요. 그래서 그들이 택한 방법은 이데올로기의 주입이었어요. 희생자가 제 발로 포식자의 입속으로 걸어 들어오도록 만든 거죠. 저항하지 않고 스스로를 벌하도록 만든 거예요. 뚱뚱한 사람은 살 가치가 없다고 느끼고 모든 사람이 그를 배척하고 공동체 안에서 밀어내도록 만들었어요. 비만인은 어느 날 갑자기 사라져요. 그게 받아들여져요. 왜냐면 우리는 비만을 혐오하니까요. 그 일은 천천히 서서히 일어났죠. 우리는 어릴 때부터 비만을 혐오하도록 배웠어요. 그렇지만 우리가 사는 곳을 좀 보세요. 뚱뚱해질 수밖에 없는 환경이에요. 우린 식물을 못 먹어요. 식물은 독이 있다고 배우죠. 그렇지만 실제로는 절대 그렇지 않아요. 나냐, 당신도 이미 알고 있는지 모르지만 나와 치노, 아리하는 채소를 먹어왔어요. 치노를 좀 봐요. 치노가 식물의 독 때문에 몸이 약해진 사람으로 보여요? 그들은 사람들에게 몸에 좋은 식물은 금지시키고 공장에서 만들어진 칼로리 높은 식품들을 사 먹게 했어요. 우리에게 허용된 음식은 온통 비만을 일으키는 음식들뿐이에요. 게다가 시티에는 제대로 몸을 움직일 곳도 없어요. 모든 것이 자동화되고 아이들은 옷이 더러워진다는 이유로 뛰어놀 자유를 빼앗겼어요. 비만을 경계하고 혐오한다고 하면서도 세상은 사람들을 비만으로 몰아넣고 있어요. 그 구덩이에 빠지지 않으려면 끔찍하게 자신을 몰아붙이고 단련시켜야 해요. 절제하고 관리하라고 닦달하다가 세상이 만들어놓은 큰 구덩이에 빠지면 또 모두가 비난해요. 모두 네 책임이라고 말하고 사라져버려도 어쩔 수 없는, 죽어도 되는 인간으로 치부해요. 그렇게 된 거라고요."

　모두 말이 없었다. 믿기 힘든 일이지만 아무도 다라의 말에 반박할 수 없었다. 굿펠로는 사람들 앞에 모습을 드러내지 않았다. 굿펠로는 폭력적인 압제자면서도 은혜로운 구원자로 칭송되었다. 시티 어디에나 굿펠로의 선전물이 있었다. 굿펠로에 대한 칭송의 의미를 담은 선전구호와 굿펠로의 동상과 초상들이 즐비했다. 그러나 그 초상의 모습이 실제 굿펠로의 모습이라고 생각하는 사람은 없었다. 아무도 실제 굿펠로의 모습을 몰랐다. 특권층의 몇몇은 알았을까? 굿펠로를 위해 일하는 사람들은 많이 있었다. 위원회, 공권력, 법과 시스템. 그러나 일반 시민들에게 굿펠로는 군림하는 존재일 뿐 그와 그의 일당이 어디서 왔는지, 무얼 먹는지, 외계인인지, 괴물인지, 기계인지, 시스템 자체인지는 아무도 몰랐다. 그저 우리를 구해준 것이 그들이라고 믿고 감사와 존경을 보냈을 뿐이다. 그들의 정체는 인간의 포식자였는데도! 그들에게 그런 힘을 준 것은 물리적인 폭력과 더불어 그들이 교묘히 만들어낸 이데올로기였다. 인간이 스스로의 몸뚱이를 비하하도록 하는, 인간의 살을 혐오하도록 하는 그 비만포비아 말이다.

※ ※ ※

아리하가 체포될 것이라는 정보는 나냐가 가져왔다.

"미미가 당국에 아리하를 신고했어요. 그보다 먼저 미미의 엄마라고 주장하는 사람이 미미를 신고했고요. 엉뚱한 사람이 자기 딸 행세를 한다고, 캠프 치유자라는 것도 다 가짜라고 했대요."

"그 와중에 아리하 이름이 나왔고요?"

"미미의 엄마가 조사를 받았고 미미도 조사를 받았죠. 정체를 의심받고 책임 추궁을 당하게 된 미미가 모든 걸 다 불었어요. 그들은 미미의 엄마도 아리하가 데려왔다고 의심하는 것 같아요. 카타 입소 사건 때부터 아리하의 이름이 당국에 보고되어 있었는데 미미 건으로 확신하게 됐겠죠. 이제 우리 모두 언제 어디서 잡혀갈지 모르는 상황이에요."

"나냐 당신도 의심받아요?"

"내 차가 시티의 경계까지 갔다가 돌아왔던 일이 보고되었어요. 그 뒤로 내가 위원회 일을 등한시해서 더 의심을 산 것 같아요."

모두 잠시 말이 없었다. 언젠가는 이런 날이 올 것이라는 건 충분히 예상한 일이었다. 캠프에 입소한 가족을 보게 해달라고 눈물로 호소하며 피켓 시위를 벌이는 사람들조차 탄압을 받는 세상이다. 캠프의 진실을 파헤치겠다고 여기저기 들쑤시고 다니는 것을 그들이 그냥 보아 넘길 리는 없는 것이다. 다라는 아리하를 바라봤다. 체포된다는 건 상상할 수도 없다. 대체 무슨 잘못을 했다는 말인가. 이 세상이 얼마나 미쳐 돌아가는지 알려고 했을 뿐이다. 미친 세상에서 제정신을 찾으려 노력했을 뿐이다.

다라는 눈물이 터질 것 같았지만 이를 꽉 깨물고 참았다. 나냐는 도도한 표정을 잃지 않으려고 노력했지만 입매가 바르르 떨리는 걸 감출 수 없었다. 치노는 심각한 얼굴로 팔짱을 낀 채 골똘히 생각에 잠겼다. 당혹감에 빠져 말을 잃은 어른들 앞에서 단호히 결론을 내린 것은 아리하였다.

"탈출해요."

모두 아리하를 쳐다보았다.

"모두 함께 시티를 탈출해요. 지금이라도 당장 여기를 떠나야 해요."

다라가 물었다.

"떠난다고? 어디로?"

그 질문에 대한 대답은 치노가 했다.

"카타가 있는 곳으로."

🐻 🐻 🐻

치노는 '씨앗을 나눠주는 사람들'의 조직원과 연락했다. 지금 움직이는 것은 위험하다고 답변이 돌아왔지만 시간을 끄는 것이 오히려더 위험하다고 치노는 말했다. 아리하가 미미를 통해서 캠프에 대해무언가 알아냈다는 것을 그들은 이미 눈치채고 있었다. 나냐의 어머니가 가택수색으로 발각되기 전에, 아리하가 체포되기 전에 시티를빠져나가야 했다. 조직에서 그들의 탈출을 돕겠다는 결정이 내려졌다. 디데이는 이틀 뒤, 금요일 밤으로 정해졌다.

결정이 내려지고 아리하와 다라 둘만 있게 되었을 때 아리하가 말했다.

"아빠는?"

다라는 멈칫했다. 다라와의 관계는 끝났지만 창은 여전히 아리하의 아빠다. 아무 언질도 없이 어느 날 갑자기 아내와 딸이 사라진다면 창은 견딜 수 없을 것이다. 하지만 창에게 진실을 말해도 될까? 그는 과연 함께할 수 있는 사람일까?

"아빠도 데려가면 안 돼요?"

"아리하, 아빠는 아마 설득할 수 없을 거야."

"다 말해주면 되잖아요. 굿펠로가 사람을 잡아먹는다고 아빠한테 다 말해요. 그럼 아빠도 시티를 떠날 거예요."

"아리하. 엄마가 아빠를 만나볼게."

창을 만나러 가면서 다라는 가책을 느꼈다. 폭풍 같은 시간을 보내는 동안 다라에게서 창은 거의 잊힌 사람이 되고 말았다. 고통 속에서 조금씩 진실을 향해 가면서도 다라는 창에게 그 어떤 진실의 조각도 나누어주지 않았다. 창이 누구보다 충실한 굿펠로의 시민인 것은 확실하나 그렇다고 해서 지레 포기해버려도 되는 것일까? 창에게 무슨 이야기를 어떻게 어디까지 할 것인지도 정하지 못한 채 다라는 창을 만나러 갔다.

막상 창을 만나고 보니 상황은 다라가 생각한 것보다 더 복잡하고 심각했다. 창이 아리하의 양육권을 주장하고 나선 것이었다.

"아리하는 내가 데려갈게. 더 이상 당신과 함께 살도록 놔둘 수는 없어."

"말도 안 되는 소리. 아리하가 원하지 않아."

"소송이라도 할 거야. 애가 망가지고 있잖아. 계급 심사도 얼마 안 남았는데."

"창! 지금 이 마당에 계급 심사 따위가 뭐라고. 세상이 이렇게 미쳐 돌아가는 건 당신 같은 사람한테도 책임이 있어. 당신은 진짜 아무것도 몰라."

"다라. 아리하를 내게 보내. 당신이 버틴다면 나도 계속 입 다물고 있지만은 않을 거야. 당신이 레스큐에게 조사받던 날, 상추가 있는 당신 집 창고를 치워준 건 나야. 그걸 말하면 당국이 여전히 당신의 양육권을 보장해줄까?"

다라는 말문이 막혔다. 창이 설마 이렇게까지 나올 줄은 몰랐다. 창이 아리하의 계급 심사에 목을 매고 있다는 것은 알았지만 그걸 위해서 나를 고발하겠다고? 다라는 창의 표정을 보고 그가 농담을 하고 있는 게 아니라는 것을 깨달았다. 창은 아리하를 위해서라면 어떤 일이라도 할 수 있는 사람이다. 딸에게 상처를 주더라도 이렇게 하는 것이 딸을 사랑하는 방법이라고 굳게 믿고 있을 것이다. 이젠 어쩔 수 없었다.

"창, 이제부터 내가 어떤 이야기를 할 텐데 끊지 말고 들어주면 좋겠어. 아리하의 앞날과 관련된 진짜 중요한 이야기야. 계급 심사 어쩌고 하는 것보다 훨씬 더 중요한 일이야."

"그래, 말해봐."

"아리하가 지금, 아리하는 지금⋯⋯ 위험해."

"내 말이 그 말이잖아. 당신과 함께 있으면서 애가 점점⋯⋯."

"창!"

다라의 서슬 퍼런 표정에 창은 입을 다물었다. 다라는 마음을 진정시키고 이야기를 시작했다. 모든 것을 이야기했다. 상추 이야기, 카타의 이야기, 미미의 이야기, 캠프 이야기, 그리고 캠프의 냉동 차량 이야기. 자신들이 생각하는 굿펠로의 정체까지.

창의 눈이 커다래졌다. 얼굴빛이 변했다.

"아리하가 그래서 나한테 왔었구나……."

"아리하가 당신을 찾아갔었어?"

"아빠 회사에는 냉동차가 몇 대나 있냐고 물었어. 왜 그런 이상한 걸 묻는지 궁금했는데 당신 때문이었네. 당신의 그 정신 나간 얘기 때문에 그랬던 거야."

"창, 지금까지 뭘 들은 거야. 지금 제정신이 아닌 건 당신이야."

그럴 거라 예상은 했지만 자신의 이야기를 믿지 않는 창을 보자 다라는 참을 수 없이 답답했다.

"당신이 말하는 건 그냥 허황된 망상일 뿐이야. 당신이 캠프를 직접 본 것도 아니잖아."

"그럼 캠프가 뭐라고 생각해? 아니, 그보다도 캠프가 뭘 하든 간에 캠프가 강제로 사람을 잡아 가두는 일이 당연하다고 생각해?"

"물론 억울한 사람들도 있겠지. 하지만 시티의 시민 전체를 위해서는 어쩔 수 없는 일이잖아. 다수를 위한 소수의 희생인 거지."

"소수? 다수의 인간을 비만으로부터 구한다는 명분으로 소수의 비만자들을 죽여서 먹는 일이 당연하다는 거야?"

"사람을 먹는다니. 말 같지 않은 소리 하지 마. 당신 지금 미친 사람 같아."

다라의 말을 듣고 난 창은 오히려 더 강경해졌다. 내일이라도 당장 아리하를 보내라고 했다.

"알겠어? 보내지 않으면 내가 데리러 갈 거야. 나를 막으면 어떻게 될지는 알겠지?"

다라는 창을 만나러 온 것을 후회했다. 창은 설득되지 않을 사람이었다. 캠프 이야기를 한 것도 후회했다. 창의 경계심만 더 자극하고 말았다.

"좋아, 창. 알겠어. 아리하를 보낼게."

"좋아."

"하지만 시간을 좀 줘. 아이가 받을 충격도 생각해야지. 아무 설명도 없이 갑자기 이제부터 아빠와 살아야 한다고 말할 수는 없잖아."

"설명은 내가 할게. 걱정 마."

"그럼 이틀만 더 데리고 있을게. 금요일 밤까지만. 토요일은 어차피 당신을 만나러 오잖아. 주말에 아빠를 만나러 가서 계속 아빠 집에서 사는 거라고 말할게. 그때 아리하의 짐도 같이 보낼게."

창은 망설였다.

"제발."

192

다라가 애원했다.

"좋아, 그럼 토요일 아침에 데리러 갈게."

"고마워. 대신 금요일 밤까지는 아리하에게 절대 연락하지 마. 어떤 이야기도 하지 말고. 우리에게 시간을 줘."

창은 동의했다.

다라는 날뛰는 심장을 진정시키며 창의 집을 나왔다. 다라와 아리하는 금요일 밤 떠나기로 되어 있었다.

14

시티를 관통하는 운하는 바다로 연결되었다. 바다로 나가면 시티의 통제권에서 벗어날 수 있었다.

전달된 계획은 캄캄한 밤에 보트를 타고 운하를 통해 바다로 빠져나가는 것이었다. 시티의 도로는 곳곳이 삼엄한 통제를 받고 있기 때문이었다. 들키지 않고 운하까지만 가면 보트가 기다리고 있기로 했다.

금요일 밤. 보트가 있는 운하까지 가는 것만도 쉽지 않은 여정이었다. 몇 년간 한 번도 집 밖에 나와보지 못한 나냐의 엄마는 제대로 걸을 수도 없는 형편이었다. 게다가 몸이 좋지 않아 계속 기침을 했다. 다른 사람들 눈에 띄지 않기 위해 나냐는 엄마를 트렁크에 실을 수밖에 없었다.

나냐의 차에 치노와 다라, 아리하가 탔다. 이날까지도 짙은 화장에 액세서리를 한 나냐를 보고 아리하는 고개를 설레설레 저었다. S계급이라는 지위는 어쩌면 나냐에게는 족쇄처럼 작용하는지도 몰랐다.

트렁크에 탄 엄마를 걱정하느라 나냐는 속도를 올리지 못했다. 나냐의 차 옆으로 순찰대의 모터사이클이 지나갈 때마다, 신호등 앞에서 대기할 때 옆 차량의 운전자와 눈이 마주칠 때마다 그들은 가슴을 졸였다.

운하 근처의 으슥한 곳에 차를 버리고 그들은 걸어서 운하로 내려갔다. 나냐의 엄마를 휠체어에 태우고 천으로 덮었다. 다행히 아무도 만나지 않았다. 물가로 내려갈 때는 휠체어를 네 사람이서 번쩍 들고 이동했다.

약속된 곳에 보트가 있었다. 작은 모터보트가 물살에 가만가만 흔들리고 있었다. 낯선 남자가 보트에 타고 있었다. 그가 치노에게 물었다.

"로메인?"

치노가 대답했다.

"락투신."

그가 고개를 끄덕였고 그들은 보트에 옮겨 탔다. 낯선 사람이 말했다.

"소리 때문에 모터를 켤 수는 없어요. 손으로 저어서 움직여야 해요."

모두 옆에 있는 노를 집어 들었다. 나냐의 엄마도 돕겠다고 손을 내밀었다. 나냐는 만류했지만 막상 해보니 나냐의 엄마가 나냐보다는 노 젓는 실력이 좋았다. 불도 켜지 않은 보트를 타고 그들은 움직였다. 시티의 가로등은 밝았지만 운하 쪽은 보트 바로 아래의 물살도 보이지 않을 만큼 캄캄했다. 그들은 운하 양편의 가로등 불빛에 의지해 방향을 잡았다. 모두가 노 젓는 일에만 열중하고 있을 때 아리하가 치노에게 물었다.

"로메인은 뭐예요?"

치노가 대답했다.

"먹는 식물의 일종이야. 씨앗을 나눠주는 사람들이라면 다 알고 있지. 비타민이 많아. 심리적 안정에도 도움이 되고."

"그럼 우리 다 지금 그걸 먹어야겠네요. 심리적 안정이 절실해요."

아리하의 농담에 모두 낮은 소리로 웃었다.

시티에는 운하를 경계하는 순찰대가 있었다. 모터사이클을 타고 운하 주변을 도는 순찰대는 자신들이 탄 모터사이클 소음 때문에 찰박찰박 노 젓는 소리를 듣지 못했다. 그러나 요즘 들어 계속되는 격무에 지친 한 순찰대원은 순찰 대신 운하 쪽 도로가에 모터사이클을 세워두고 경계석에 기대앉아 졸고 있었다. 그의 게으름이 아리하 일행에게는 재앙이 되었다.

비몽사몽 졸고 있는 순찰대원의 귀에 철벅철벅하는 물소리가 들렸다. 그냥 물이 흘러가는 소리라고만 생각하고 지나쳤지만 곧 사람의 기침 소리가 들렸다. 불빛 없이 캄캄한 운하에서 보트는 막 그의 모터사이클 옆을 지나가는 중이었던 것이다.

화들짝 깨어난 순찰대원은 가지고 있던 순찰용 서치랜턴을 물 쪽으로 비췄다. 곧 동그란 불빛 안에 아리하들이 탄 보트가 그대로 노출되었다.

"들켰어요!"

"엔진을 켜요."

조직원이 보트의 동력을 켜고 속도를 올렸다. 이제 소리에 신경 쓸 때가 아니었다. 그들은 전속력으로 달렸다. 허둥지둥한 것은 순찰대원도 마찬가지였다. 그는 급히 모터사이클에 올라타 운하 옆 도로에서 그들을 쫓았다. 보트가 아무리 빨라도 도로의 모터사이클보다 빠를 수는 없었다. 순찰대원은 도로에서 보트를 향해 마구 총을 쏘아댔다. 모두 보트 밑바닥에 납작 엎드렸다. 총에 맞은 사람은 없는 것 같았지만 보트의 엔진이 총에 맞아 무용지물이 되었다. 급기야 운하 한가운데서 보트가 멈추고 말았다.

모두 공포에 질렸다. 물에 뛰어들어야 하나? 하지만 걷지도 못하는 나냐의 어머니가 수영을 할 수 있을 리가 없었다.

그들은 추적해 온 순찰대원이 어디론가 연락을 취하는 모습을 바라보고 있을 수밖에 없었다. 그때 순찰대 모터사이클 바로 뒤에 차 한 대가 멈추더니 누군가 급히 내렸다. 다라는 눈을 크게 뜨고 그를 바라보았다. 아리하가 그를 먼저 알아봤다.

"아빠예요!"

내린 것은 창이었다. 창은 이쪽을 쳐다보면서 순찰대원과 무언가 말을 나누는 것 같았다. 다라는 절망했다.

'창이 정말로 우리를 고발했구나. 창이 순찰대를 불렀어!'

그런데 그 순간 창이 순찰대원에게 무언가를 쏘는 모습이 보였다. 총은 아니고 가스 스프레이 같았다. 순찰대원은 바닥에 쓰러졌다. 모두 놀라서 바라보고만 있었다.

보트를 몰고 왔던 조직원이 보트에서 풍덩 뛰어내리더니 헤엄을 쳐 운하 기슭으로 올라갔다. 치노가 따라갔다. 그들은 순찰대원의 허리춤에서 열쇠를 꺼냈다. 운하 기슭에 정박된 순찰용 쾌속정 열쇠였다. 대원이 가지고 있는 무기와 통신장비들도 모두 챙겼다.

그들은 재빨리 쾌속정으로 옮겨 탔다. 모두 배에 오르고 맨 마지막으로 창만 기슭에 남았다. 치노가 말했다.

"어서 타요!"

하지만 창은 멈칫했다. 순간적으로 다라와 창의 시선이 얽혔다. 아리하가 채근했다.

"아빠! 어서요!"

아리하의 얼굴을 보며 창은 결심한 듯 쾌속정에 뛰어올랐다. 꿍음을 내며 쾌속정이 떠났다. 다라는 도로에 쓰러진 순찰대원이 멀어져 가는 것을 지켜보며 창에게 물었다.

"저 사람 죽은 거야?"

"아니야, 잠깐 쓰러졌을 뿐이야."

"뭘 쏜 거야?"

"식물의 독으로 만든 스프레이야. 상추에는 독이 없지만 진짜로 맹독이 있는 식물도 많거든."

다라가 속삭였다.

"창, 내 말을 믿는구나."

"아니, 당신 말은 안 믿어. 다른 누구의 말도 믿지 않아. 나는 세상에 대한 믿음을 완전히 잃어버렸어."

창은 다라를 믿지 않았다. 창은 다라가 '금요일까지만' 아리하를 데리고 있겠다고 강조하는 말을 듣고 금요일 밤에 무슨 일을 벌이려는 것임을 눈치챘다. 그래서 계속 다라를 감시하고 미행했다. 그러나 무엇을 어떻게 해야 할지 스스로도 알지 못했다. 아리하를 구해야 한다고 생각했지만 아리하를 다라로부터 구해야 하는 건지, 이 시티에서 구해내야 하는 건지 도무지 알 수 없었다. 마지막까지 갈등하던 창은 결정적인 순간에 굿펠로보다는 다라를 믿기로 했다. 이유는 상추에는 아무 독도 없다는 것을, 식물학자인 창이 누구보다도 잘 알고 있기 때문이었다.

그들이 탄 쾌속정은 캄캄한 운하를 달렸다. 어떤 방해도 받지 않고 달려 드디어 운하의 경계를 넘어 바다로 나갔다. 그러나 환희도 잠시. 바다는 파도가 거칠었다. 캄캄한 밤이어서 앞이 보이지도 않았다.

사람들의 악전고투에도 불구하고 보트는 파도에 뒤집어졌다. 모두
바다에 빠졌다. 세상이 캄캄해졌다.

15

누가 먼저인지 모르게 눈을 떴다. 눈앞에 푸른 하늘이 열렸다. 그들을 구한 것은 공해상에 떠 있는 거대한 선박이었다. 시티의 지배를 벗어난 곳에 커다란 배가 떠 있었다. 그들이 가려던 곳, 씨앗을 나눠 주는 사람들의 근거지가 되는 곳이 바로 이곳이었다.

선박의 갑판에는 빽빽하게 채소가 자라고 있었다. 치노의 집에 있는 채소방의 수십, 수백 배나 되는 채소와 열매가 공해상에 있는 배의 갑판에서 자랐다. 해수를 담수로 바꾸는 장치와 공짜로 주어지는 햇살이 그 식물들을 키웠다. 배에는 시티를 탈출한 사람들, 구조된 사람들이 타고 있었다. 한 뚱뚱한 남자가 채소에 물을 주고 있었다. 그 옆에서 채소를 수확하고 있는 여자도 뚱뚱하고 나이 들었다.

그리고 거기에 카타가 있었다. 아리하는 카타의 품에 안겨 거의 기절했다. 여전히 통통하고 밝은 얼굴을 한 카타도 놀라움과 행복감에 말을 잇지 못했다. 둘은 꼭 끌어안고 키스했다. 너무 오랫동안 떨어지지 않아서 처음에는 흐뭇하게 지켜보던 다라와 창이 민망함에 고개를 돌릴 지경이었다.

나냐의 등장에는 아무도 신경을 쓰지 않았다. 특권층으로서 대우 받는 것에 익숙해져 있던 나냐는 아무도 자신에게 자리를 권하지도 않고 양보하지도 않자 당황했다. 하지만 거울로 완전히 조난자의 몰 골을 하고 있는 자신의 모습을 보고는 금세 수긍했다. 아이라인이 번 지고 머리카락은 수세미가 되고 뺨에는 더러운 것들이 묻었다. S계급 으로서의 정체감이라는 것은 얼마나 부서지기 쉬운 것이었나. 이 선 박에는 당연히 계급 따위는 없었다.

일행은 우선 깨끗이 씻고 쉬기로 했다. 회포를 풀고 모험담을 나 누는 것도 나중 문제였다. 창과 치노는 샤워실에서 만났다. 보트에서 처음 만난 둘은 서로 인사할 틈도 없었다. 창은 다부진 치노의 벗은 몸을 보자 약간 위축되었다. 머리카락이 빠져 정수리가 훤히 보이는 것이 신경 쓰이는 창은 치노 앞에서 머리카락에 물을 적실까 말까 한 참을 망설였다. 물론 이제는 그런 것에 신경 쓰지 않아도 되는 곳에 왔다는 것은 창도 알았다. 창은 큰 한숨을 쉬고는 다 내려놓기로 마 음먹었다. 그러고는 서른이 넘은 후로는 처음으로 두피를 벅벅 문질 러 거품을 내며 속 시원하게 머리를 감았다. 샤워를 마친 창은 치노 를 비껴가면서 지나가는 말처럼 한마디 했다.

"나랑 다라는 헤어졌어요. 얼마 전에 법적으로도 정리했죠."

치노가 무어라고 대답하기도 전에 창은 가버렸다.

배에 새로 합류한 사람들은 잘 쉬고 잘 먹고 난 다음 이곳을 이끄는 사람들을 만나러 갔다. 아리하가 카타와 잠시도 떨어져 있고 싶지 않다고 해서 카타도 같이 갔다. '씨앗을 나눠주는 사람들'의 지도자는 나이 들어 쇠약하지만 강단 있어 보이는 여성이었다.

"우리는 준비를 하고 있어요. 증거도 모두 수집했죠. 우리가 진실을 알리면 사람들은 굿펠로에게서 돌아설 거예요."

"어떻게 할 생각인데요?"

"선박을 끌고 시티로 진군할 거예요. 사람들을 해방시켜야죠."

"어떻게요? 그들은 무력을 가지고 있어요. 이 선박은 무장되어 있나요?"

"전쟁을 벌이자는 이야기가 아니에요. 무력을 쓰면 희생자만 늘 뿐이니까요. 우리는 진실을 보여줄 거예요. 캠프에서 어떤 일이 벌어지는지 알려야죠. 사람들이 진실을 알게 되면 그들 스스로가 일어날 거예요. 아무리 강력한 지배자라도 대중의 지지를 잃으면 설 자리는 없는 법이죠. 그리고……."

지도자는 옆에 있는 카타를 애정이 담뿍 담긴 눈으로 바라봤다.

"우리는 이 선박에 사는 사람들의 아름다움을 보여줄 거예요. 경쟁하지 않고 평가받지 않는 아름다움 말이에요. 굿펠로는 이제 끝장이에요. 카타가 한 번 웃어주기만 해도 진짜 예쁜 게 뭔지 사람들이 다 알게 될 테니까요."

얼굴이 빨개진 카타가 쑥스러운 미소를 지었다. 어른들이 모두 따라 웃었다. 아리하는 카타의 품으로 돌진해 푹신하게 파묻혔다.

배에는 뚱뚱하고 마른 사람들이 섞여 있었다. 그들은 한가하고 느긋하고 여유로워 보였다. 배에 사는 사람들은 누구도 먹을 것으로 고통받지 않았고 누구도 강박적으로 거울을 보지 않았으며 누구도 신경질적으로 매무새를 정돈하지 않았다. 머리카락과 옷차림이 흐트러질 것을 걱정하지 않고 자유롭게 걷고 뛰고 움직였다. 그들은 체중에 상관없이 유쾌해 보였고 외모에 등급을 매기지 않으면서 서로 쉽게 어울렸다. 그들은 파인 시티의 그 누구보다도 진정으로 행복해 보였다.

🐻 🐻 🐻

한동안의 시간이 흐른 어느 날. 갑판 위에 초록색 채소들이 빽빽하게 자라고 있는 거대한 선박이, 파인 시티에 소문만 무성하던 바로 그 배가 사람을 가득 채운 채 바닷물을 가르며 천천히 시티로 향하고 있었다.

작가의 말

소설의 씨앗, 소설을 쓴다는 것의 출발에는 여러 가지가 있다. 인상 깊은 한 장면일 수도 있고, 그리고 싶은 어떤 캐릭터일 수도 있고, 묘사하고 싶은 한 시대가 출발일 수도 있다.

『스키니 시티』의 경우에는 어느 날 내가 겪었던 작고도 사소한 사건이 출발이었다. 웨이트 트레이닝에 한창 재미를 붙이고 헬스클럽에서 매일 오전 시간을 보내던 시절이 있었다. 복근을 만들어 보디 프로필을 찍겠다는 허황된 꿈에 젖어 프로필 전문이라는 사진작가를 만났을 때 바로 그 일을 당했다. 처음 보는 그 사람이 대뜸 두 손가락으로 내 옆구리의 살을 살포시 집어본 것이다. 그때의 놀라움과 당황과 뒤이은 분노가 길에서 피하지방 측정을 하는 화이트 레스큐 장면을 만들었다. 한 장면이 떠오르자 그 장면의 앞뒤 상황들이 연이어 떠올랐고 어떻게든 인간의 우열과 순위를 가르려는 욕망과 그를 이용한 계급사회가 떠올랐다.

그렇게 스토리와 인물과 배경을 만들었다. 물론 언제나 그랬듯이 그 과정이 쉽지는 않았다.

소설을 쓰는 일에는 끊임없는 낙관이 필요하다. 작품을 시작은 했는데 이야기는 풀리지 않고 시간은 가고 이 일에는 아무 의미도 없어 보이는 고비들이 수없이 많다. 매번 그렇지만 그래도 믿는다. 가다 보면 어딘가 닿는 곳이 있을 거라고, 내가 그곳에 갈 수 있으리라고 무턱대고 믿는다. 창작하는 사람들이 가지고 있는 '재능'이 바로 그 '자기를 믿는 능력'이라고 나는 생각한다.

쓰는 일과는 별개로 내가 쓴 이야기를 다른 사람에게 들려줄 기회를 얻는다는 것은 고마운 일이다. 글을 쓰는 일은 혼자서 하는 일이지만 그게 책이 되거나 영상으로 만들어져 나오는 것은 또 다른 영역의 일이기 때문이다. 운도 따라야 하고 많은 사람이 도와야 하는 일이다.

책을 내면서 독자들에게 듣고 싶은 말은 늘 '재미있다'는 말이다. 스토리가 궁금해지는 것도 재미고 등장인물에 완전히 이입하는 것도 재미인데, 내가 생각하는 '재미'라는 건 읽는 사람의 감정을 건드리고 끌어내는 것이다. 감정이야말로 인간에게 가장 본질이고 근원이자 인생의 콘텐츠라고 생각하기 때문이다. 폭발적인 희열, 충만한 행복감 같은 커다란 감정뿐 아니라 미세하게 결이 다른 각각의 감정들도 놓치지 않고 충분히 느끼는 것, 그런 감정을 느낄 수 있는 기회를 많이 갖는 것이 인생을 밀도 있게 사는 길이라고 믿는다. 잊고 있던, 또는 가라앉아 있던 감정을 끌어낼 수 있는 소설이 재미있는 소설이라고 생각하고 그런 소설을 쓰고 싶다.

2022년, 임선경